再会の日に

中山聖子

岩崎書店

目次

装丁画　藤井紗和
装丁　中嶋香織

再会の日に

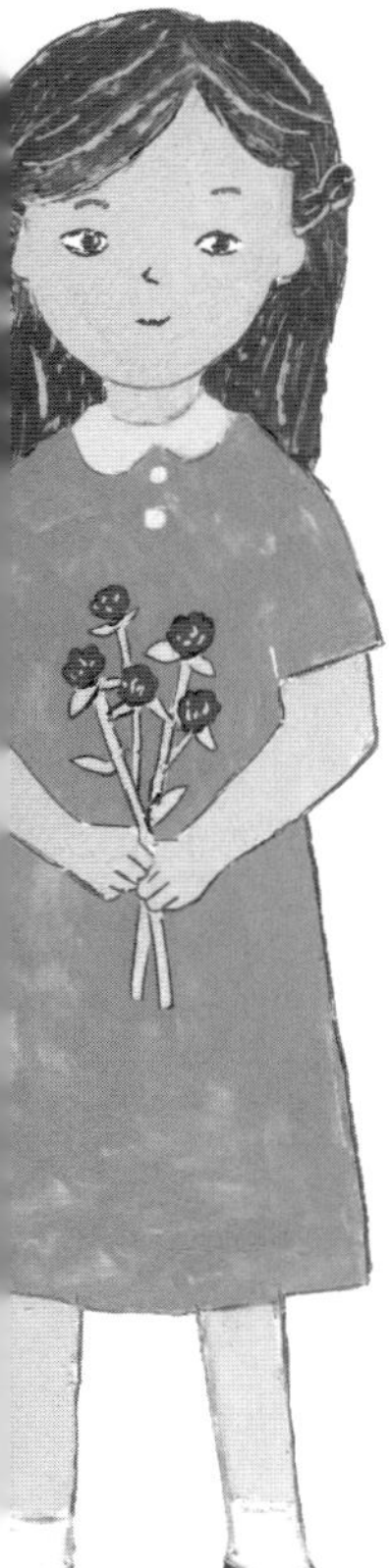

1　めずらしい苗字《みょうじ》

ホワイトブーケ、クラシックローズ、フレッシュシトラス、シャンパンムーン、エアリージャスミン&ピュアソープ、おひさまオレンジ、青空ラムネ……。

ぜんぶ、柔軟剤《じゅうなんざい》の香りにつけられた名前だ。

強すぎる香りが問題になっているというし、きらいな人もけっこういるらしいけど、お母さんはスーパーやドラッグストアでよく柔軟剤を買ってくる。

そして、その日の気分で香りを変えては、量をひかえめにして使い続けている。

「うちには高い香水を買う余裕《よゆう》なんてないから、せめてこれで楽しみたいのよ。お母さんのぜいたくを許《ゆる》してください」と、なぜかわたしに言いわけしながら。

今、せまいベランダで洗濯物《せんたくもの》を干《ほ》しているお母さんの唯一《ゆいいつ》のぜいたくが柔軟剤だと思ったら、なさけないとかみじめだなどという気持ちより、おかしさのほうがこみ上げてくる。

洗濯機《せんたくき》が置かれている洗面所《せんめんじょ》で、わたしは洗《あら》い終えた顔を上げ、アンティークローズ&オータムブーケの香りがするタオルで顔をふいた。

それから、長くもないボブを無理やりひとつに束《たば》ねて、紺色《こんいろ》のヘアゴムできつく結んだ。自分で切った前髪《まえがみ》は、左のほうが少し短い。

鏡の前で笑顔《えがお》をつくると、丸い頬《ほお》がさらにふくらんで、垂《た》れ気味の目が強調された。ウマだのリスだのキツネだのと、人の顔を動物にたとえる人がよくいるけれど、だれがどう見てもわたしはタヌキだ。

「はい、今日もダサいっ!」

鏡に向かってそう言うと、覚悟《かくご》ができた。ダサいままで、堂々《どうどう》と学校に行く覚悟。

洗面所を出て、六年生になった今でも背中《せなか》にフィットするセピアレッドのランドセルを背負《せお》った。

上から下まで安物の服ばかり着ているわたしだけど、このランドセルだけは高級品だ。

なぜなら小学校に入学する前、今はもう会うことのなくなったおばあちゃんが、行きつけのデパートで買ってくれたものだから。

あのときおばあちゃんは、ラベンダーや水色やピンクなどのカラフルなランドセルがたくさんならぶ棚《たな》の前で、「陽架《はるか》ちゃんは女の子なんだから、やっぱり赤にしないとね」とほほえんだ。

そのひとことで、何日も前からどんな色を選ぼうかとわくわくしていたわたしは、一気に泣きたい気持ちになった。

だけど、当然のように赤いランドセルを手に取って店員さんと話しているおばあちゃんに、「勝手に決めないで」と言いだすことはできないし、助けを求めて見上げたお母さんも、こまったように眉《まゆ》を寄《よ》せるだけでなにも言ってくれないから、結局このランドセルを買うことになってしまったのだ。

今では、茶色がかったきれいな赤をそれなりに気に入っているけれど、あのときおばあちゃんに言えなかった「勝手に決めないで」という言葉は、まだ胸《むね》の底に沈《しず》んだままだ。

台所の横にある玄関《げんかん》で、スニーカーに足を入れながら、

「いってきまぁす」

と言うと、からっぽの洗濯《せんたく》かごをさげたお母さんがベランダから入ってきた。

そして、

「今日は早めに帰るから、五時半にはここを出ようね」

とわたしに言った。

「え、お母さん、そんなに早く帰れるの？」

「うん、大丈夫《だいじょうぶ》。園の人にはちゃんと一週間前から言ってあるし、夏休みとちがって今はひまな時期だから」

お母さんは、うちから歩いて二十分ほどの場所にある、市営《しえい》の植物公園で働いている。

公園内の大きな温室とつながっている植物ミュージアムで、事務《じむ》やイベントの手伝いをしているのだ。

「集合場所はこの玄関ね」

お母さんはそう言うけれど、ふたり暮《ぐ》らしの小さなアパートで、集合場所もなにもないだろう。

それでもわたしは、

「了解《りょうかい》、五時半に玄関集合《げんかんしゅうごう》」

と返事をした。

今日は、お母さんの妹の真尋《まひろ》ちゃんの誕生日《たんじょうび》だから、三人で外食することになっている。

「じゃあ、いってきます」

改めて言うと、お母さんは、

「はい、いってらっしゃい。気をつけて」

と笑顔《えがお》でうなずいた。

玄関を一歩出ると、ひんやりした空気に包まれた。大きく息を吸《す》うと、体中に澄《す》んだ水が流れこんでくるようで気持ちいい。

運動会が終わったころから、まわりの景色の輪郭《りんかく》がはっきりとして、とてもきれいに見えるようになってきた。

夏の暑さでゆがんだ世界が、きりりと整うようなこの季節の誕生日は、真尋ちゃんにぴったりだ。

そう思いながら、三階建てアパートの階段《かいだん》を、二階からかけ下りた。

アスファルトの駐車場《ちゅうしゃじょう》を横切って細い道を少し歩き、コインランドリーがある角から大通りに出る。左に曲がって広い歩道をしばらく進むと、いつものように神社の鳥居《とりい》の前に立っている理歩《りほ》が見えた。

少し早足で近づいたけど、神社のほうを向いてうつむいている理歩がわたしに気づく様子はまったくない。

すぐそばまで来て、

「おはよう」

と声をかけると、理歩は「ふへっ」とおかしな声をだして、やっと顔を上げた。

「あ、おはよう陽架《はるか》。びっくりしたよ」

と言うけれど、あまりおどろいているようには見えない。

「そこになにかあるの？」

理歩が目を向けていたところを見ると、神社の由来が書かれた木製看板《もくせいかんばん》の足の部分に、もこもこしたうす茶色の小さなかたまりがくっついていた。

「それ、ハラビロカマキリの卵《たまご》。無事に冬を越《こ》して春になったら、めっちゃちっちゃい赤ちゃんが、百匹《びき》以上は生まれるよ」

「え、そんなに？」

「うん。幼稚園《ようちえん》のとき、ジャムのビンに入れてガーゼでふたをしてたら、そのまま孵《ふ》化《か》したことがあるんだ。みんなに見せてあげたくて、せっかく幼稚園まで持っていったのに、ガーゼのすき間から赤ちゃんたちが逃《に》げ出して、ビンが空っぽになっちゃった」

理歩《りほ》はそう言って、またその卵《たまご》を見つめた。

わたしは、「めっちゃちっちゃい赤ちゃんが、百匹《ぴき》以上」も卵から這《は》い出る姿《すがた》を想《そう》像《ぞう》すると、背中《せなか》のあたりがぞわぞわしてきて、

「もう行こう」

と歩きだした。

理歩は、自分が好きな生き物のことに関してはとてもくわしいし夢中《むちゅう》になるけど、興味《きょうみ》がないことに対しては、わりといいかげんだ。

わたしの家まで自転車に乗って遊びにきて、自転車を忘《わす》れて歩いて帰ったり、市立図書館の本の返却口《へんきゃくぐち》に、学校の図書室の本を入れて呼《よ》び出されたりしたことも、一度や二度ではない。

横断歩道《おうだんほどう》を渡《わた》り終えると、その先はゆるい上り坂になる。

理歩と話しながら坂道にさしかかったとき、背後《はいご》から、

「朝井《あさい》さん、北見《きたみ》さん」

と、わたしと理歩を呼ぶ声がした。

ふり向くと、

「おはよーっす」

と言いながら、同じクラスの祐樹《ゆうき》が近づいてきた。

その左横には、やはり同じクラスの恵奈《えな》もいて、

「おはよん」

と、少し鼻にかかった声で言う。

祐樹は、わたしと理歩よりみかん一個分《こぶん》ほど背《せ》が低く、恵奈は同じくらい高い。

「おはよう。ふたりいっしょに来たの？」

理歩が聞くと、恵奈は、

「ううん。恵奈んちは学校に近いから、いつもひとりだもん」

と首をふった。

「えっ、オレはいっしょに来たつもりなんだけど」

「恵奈《えな》はそんなつもりないよ、そこで会っただけじゃん」

「そうか、まあいいや。みんなで行こうよ」

祐樹《ゆうき》はそう言いながら、追い越《こ》していく男子たちにも手を上げてあいさつしている。

空気が読めないとか無神経《むしんけい》だなどと言われる祐樹だけあって、わたしたちの返事はどうでもいいようだ。

女子のなかには、本気で祐樹の悪口を言う子もいるけれど、わたしはそんなにいやだと思わない。カラッとしていてめげない性格《せいかく》は、むしろ長所のような気がする。

ところが、わたしと理歩《りほ》がならび、その後ろを恵奈と祐樹が歩き始めると、すぐに祐樹は、

「今日の朝井《あさい》さんって、かちかち山みたいだね」

と明るく言った。

「祐樹っ」

恵奈が怒《おこ》ったような声をあげ、理歩はわたしに目を向けて、

「あ、ほんと」

とうなずいた。

わたしは自分を見下ろして、

「かちかち山……」

とつぶやく。

こげ茶色のフードつきパーカーを着て茶色のズボンをはき、セピアレッドのランドセルを背負《せお》ったわたしは、たしかに昔話のかちかち山に出てくるタヌキみたいだ。

そもそも顔がタヌキだし。

ダサいままで登校する覚悟《かくご》はしていても、色の組み合わせくらいちゃんと考えればよかった。

ついさっきまで、祐樹のことをいやだとは思わないはずだったのに、やっぱりちょっとムカついた。

だけど、祐樹はそんなわたしの気も知らず、

「そういえばオレ、朝井さんに聞きたいことがあったんだ」

と続ける。

しかたなく、わたしは低い声で、

「え、なに？」

と言いながら、体をななめにして後ろを向いた。

「朝井《あさい》さんって、佐縁馬《さえんま》さんだったよね？」

祐樹《ゆうき》の言葉に、わたしより早く「は？」と反応《はんのう》したのは恵奈《えな》だった。

恵奈は、「なにおかしなこと言ってんの？」という感じで大きく目を開いて、祐樹を見ている。

だけどわたしが、

「うん、そうだよ」

とうなずくと、今度は「へ？」という形に口を開けてわたしに目を移《うつ》した。

四年生になるまで、たしかにわたしは佐縁馬だった。

わたしが小二のときに離婚《りこん》したお母さんが、そのあともしばらくお父さんのほうの苗字《みょうじ》を名のっていたからだ。

だけどおばあちゃんは、とてもめずらしいその苗字を、勝手に家を出ていったお母さんには使ってほしくなかったらしい。

そのため何度か、「もとの名前にもどってはどうですか」と書かれた手紙が届《とど》いたようで、お母さんはしかたなく、わたしが四年生になるのに合わせて旧姓《きゅうせい》の朝井になった。

佐縁馬陽架《はるか》から朝井陽架に変わってしばらくは、なんだか知らない人の名前みたいな気がして落ち着かなかった。

ノートの表紙に、うっかり佐縁馬と油性《ゆせい》ペンで書いてしまったり、先生から「朝井さん」と呼《よ》ばれたのに気づかなかったりもした。

だけど、今のわたしはすっかり朝井だ。

画数が減《へ》ってずいぶん書きやすくなったし、はじめて会う人や電話の相手に、いちいち「にんべんに左、縁側《えんがわ》の縁《えん》、動物の馬です」などと説明しなくてすむからいい。
三、四年生のときも同じクラスだった祐樹や、クラスはちがってもずっと仲良くしている理歩《りほ》はそのことを知っているけど、五年生ではじめていっしょになった恵奈はきょとんとしている。
その顔を、プレーリードッグみたいでかわいいな、と思いながら、

「うち、親が離婚したから」

と言うと、恵奈は、

「あ、ああ」

とうなずいた。それからすぐに横を向き、

「祐樹《ゆうき》さあ、言っていいことと悪いことがあるって知ってる？」

と、ささやくように言った。

だけど祐樹は、

「ん？」

と、あごを少し上げて不思議そうな表情《ひょうじょう》をするだけだ。

わたしもべつに「佐縁馬《さえんま》さんだったよね？」と言われたくらいで、傷《きず》ついたりいやな思いをしたりなんてしないから、

「で、佐縁馬がどうしたの？」

と、ふつうに聞き返した。

「うん、オレ、こないだの土曜日に佐縁馬って名前の子を見たんだ。めずらしい苗字《みょうじ》だから、朝井《あさい》さんの親戚《しんせき》なのかと思って」

「え、どこで？」

思わず足を止めたわたしに恵奈《えな》がぶつかりそうになり、それに合わせて祐樹も立ち

止まった。

「徳真塾《とくしんじゅく》の本校」

徳真塾というのは、私立中学《しりつちゅうがく》やむずかしい高校を目指す子たちが通う進学塾だ。成績《せいせき》のいい祐樹は、近くにある大学の付属中学《ふぞくちゅうがく》を受験するとかで、ずいぶん前からその塾に通っている。

だけど、祐樹がいつも行っている徳真塾は、ここ福葉市《ふくばし》にある福葉校のはずだ。

不思議に思って、

「本校ってどこにあるの？」

と聞くと、祐樹は、

「十倉駅《とくらえき》の近く。こないだの土曜日に、そこで模試《もし》を受けたんだ。いつもとちがう会場に慣《な》れといたほうがいいって、塾の先生に言われたから。わざわざ電車に乗って十倉まで行くのは面倒《めんどう》くさかったんだけど」

と言った。

十倉と聞いて、わたしの心臓《しんぞう》はどきんと鳴った。

「こら、止まるなっ」

わたしたちが立ち止まったことに気づいた理歩《りほ》が、ふり返って言う。

小走りで理歩に追いつくと、祐樹《ゆうき》たちもついてきて、背中《せなか》からまた声がする。

「オレ、模試《もし》の時間よりずいぶん早く着いたから、教室が開くまで塾《じゅく》のロビーで待ってたんだ。そしたら事務室《じむしつ》の前から、『佐縁馬《さえんま》さん』って女の人の声が聞こえてきて。ほら、ああいうところって静かだから声が響《ひび》くだろ？　オレ一瞬《いっしゅん》、朝井《あさい》さんが来たのかと思ったんだよね。オレのなかで、佐縁馬さんイコール朝井さんなわけ。それで事務室のほうを見たんだけど、そこにいたのは朝井さんじゃなくて、ぜんぜんちがう子だった」

「なんていう名前だったの？　その子」

わたしは体を半分後ろに向けたまま、できるだけいつもの調子で聞いた。本当は胸《むね》がどきどきして、声が震《ふる》えそうだったのだけど。

「だから佐縁馬」

「じゃなくて、下の名前」

「いや、そこまではわかんない。でも、四年生だったのはたしか。事務《じむ》の人が『このあいだの全国統一《ぜんこくとういつ》テスト、佐縁馬さんは四年生の総合《そうごう》で十一位でしたよ。いつもすごいね』みたいなこと言ってたから。『順位表に名前を載《の》せてもいいかどうか、おうちの人に聞いてみましょう』って話してた」

「それ、全国で十一位ってこと？」

恵奈《えな》が声を大きくすると、祐樹はまるで自分がテストを受けたかのように、

「そう、すごいだろ」

と胸を張《は》った。それから、

「で、朝井さんの親戚《しんせき》？」

と聞いた。

だけど、わたしがすぐに返事をしなかったら、言いだした祐樹のほうが、

「いや、んなわけないか」

と首をふった。

「だってその子、頭がいいだけじゃなくて、アイドルみたいな顔してて。朝井さんとは似《に》てないっていうか、ぜんぜんちがうってい……」

最後まで言い終わらないうちに、恵奈が祐樹の背中を軽くたたいた。

「祐樹、そういうところだよ」

「え、なにが？」

「そんなふうに失礼なことを平気で言うから、女子にきらわれるってこと」

「あ、それ言うなよ。オレ、けっこう傷《きず》つきやすいのに」

「恵奈《えな》にはそうは見えないけどね。だいたい、同じ苗字《みょうじ》の人がいたからって、親戚《しんせき》だとは限《かぎ》らないし」

「まあそうだけど……。でも、佐縁馬《さえんま》なんて苗字、めったにないぞ」

わたしはまた前を向き、言い合っているふたりの声を背中《せなか》で聞きながらだまって歩いた。

お父さんと暮《く》らしている妹の未怜《みれい》は、四年生になっているはずだ。

お母さん似《に》のわたしはタヌキ顔だけど、お父さんに似た未怜は、かわいい子ネコのような顔をしていた。

ピアノを弾《ひ》いても絵を描《か》いてもおどろくほど上手だったから、おばあちゃんはいつも目を細めて「この子はなんでもできるのねえ」と言っていた。

少し行ったところで、理歩《りほ》が、

「あれって、未怜ちゃんのこと？」

と言い、わたしは、

「たぶん」

と浅くうなずいた。

「頭いいんだね、すごいね」

「うん」

理歩はそれ以上なにも言わないし、なにも聞かなかった。

気づくと、もう校門の前まで来ていた。

校長先生など五人の先生が横にならんで、「おはよう、はい、おはよう」と、登校してくる子一人ひとりに声をかけている。

そのままぼんやり歩いていたら、肩《かた》にふっとだれかの手がのった。

おどろいて顔を上げると、

「おはよう、元気かな？」

右端《みぎはし》に立っている校長先生が、少し心配そうにわたしの顔をのぞきこんだ。

2　ハニービィ

家を出たときには、もう日が暮《く》れかけていた。

お母さんが運転する軽自動車の、フロントガラス越《ご》しに見える空には、うすい雲がいくつもの層《そう》になって広がっている。下のほうはマンゴー色に光っているけど、上のほうは紫《むらさき》がかった水色だ。

お母さんは、グレーのズボンをはいてロングカーディガンを羽織《はお》っているだけだし、わたしもかちかち山のタヌキのままだった。

誕生日《たんじょうび》の外食といっても、行く店は家の近くのファミレスだから、ふたりともおしゃれなんてしていない。

少し前、恵奈《えな》が自分の誕生日に、家族で新しくできたイタリアンレストランに行った話をしていた。

恵奈はうれしそうに、「メッセージつきのデザートプレートが運ばれてきたとき、ピアノの演奏《えんそう》がハッピーバースディの曲に変わったんだ。お店の人たちがみんな拍手《はくしゅ》してくれて、恥《は》ずかしかったよ」と言ったのに、祐樹《ゆうき》が「げっ、そういうのって最悪だよな」と顔をしかめたから、わたしは祐樹の足を軽く踏《ふ》んづけた。

そして、恵奈に向かって「うれしいよねえ、メッセージつきのデザートプレートって」と言ったのだけど、本当はそんなものを見たことはない。

ファミレスにはないもんなあ、いや、頼《たの》めば出てくるのかも……。などと思っていたら、道路の先にハニービィの看板《かんばん》が見えてきた。

丸っこいミツバチの絵が描《か》かれた照明入りの看板は、夕暮《ゆうぐ》れの空にぽわんと浮《う》かぶように光っている。

ハニービィは、料理のすべてにハチミツが使われているのが特徴《とくちょう》のファミレスだ。イタリアンや和食や中華《ちゅうか》などのなにかを専門《せんもん》にしているレストランではなくて、パスタもうどんもパエリアもステーキもある。

大きな道路に面した壁《かべ》はガラス張《ば》りになっていて、そこからこぼれる暖《あたた》かな色の光を見ると、わたしはなんだかうきうきしてくる。

お母さんはハンドルを左にきって、駐車場《ちゅうしゃじょう》にゆっくりと車を入れた。

店のドアを開けると、ケチャップや玉ねぎを炒《いた》める香りが鼻をくすぐった。三分の一くらいの席が空《あ》いていて、わたしたちはガラスの壁《かべ》に沿《そ》ってならんでいるボックス席に通された。

「メニューはそちらになります。ご注文がお決まりになりましたら、ボタンを押《お》してお知らせください」

小さなミツバチの刺繍《ししゅう》がついたワンピースを着た女の人が、にっこり笑《わら》って奥《おく》に消えると、わたしとお母さんはすぐにガラスの壁のほうに顔を向けた。

道路をはさんでむかい側にある六階建てのマンションを見て、お母さんが、

「真尋《まひろ》の部屋の電気、消えてるよね？」

と言い、わたしは、

「うん、消えてる。もうこっちに向かってるんだよ」

とうなずいた。

真尋ちゃんは、そのマンションの五階の右端《みぎはし》の部屋に住んでいる。

「真尋ちゃん、またいつもみたいに、ぶっかぶかの服を着てくるんだろうね」

わたしが言うと、お母さんは「ぷっ」と短く笑った。

「あの子、らくな服ばかり着るから」

「でも、真尋ちゃんには似合《にあ》ってるよ。ああいうの」

「うん、たしかに」

漫画家《まんがか》の真尋ちゃんは、いつも朝から夜まで部屋にこもって仕事をしている。漫画家といっても、ちっとも有名ではないけれど、仕事はとぎれずにあるらしい。

そのせいか、真尋ちゃんはスーツのようなかっちりとした服を着ることがない。たいていい大きなサイズのシャツやワンピースに身を包んでいて、服を着ているというより、やわらかい布袋《ぬのぶくろ》をかぶっている感じなのだ。

そんな真尋ちゃんは、ここハニービィが大好きで、「たとえ大家族でやってきても、それぞれ好みのものを食べることができるでしょ？　そういうところがいいのよねえ」と、よくハニービィへの愛を語る。

真尋ちゃんとお母さんの両親は、わたしが生まれる前に病気で亡《な》くなったそうだし、ふたりにはほかにきょうだいもいないから、ちっとも大家族ではないのに。

夜中にひとりで仕事をしたり、昼間もずっと家に閉《と》じこもっていたりする真尋ちゃんは、たまにとてもさびしくなることがあるらしい。「そんなとき、部屋の窓《まど》からファミレスの明かりが見えるとほっとするんだ。だれかがそこにいて、あったかい料理を食べたりお茶を飲んだりしてるんだなあって思ったら、なんだか気持ちが落ち着いてくる」と言っていた。

道路を渡《わた》って店に来て、ひとりでスイーツやランチを食べることもあるという。

そして二年ほど前からは、ファミレスを舞台《ぶたい》にした少女漫画《しょうじょまんが》を『カチューシャ』という月刊誌《げっかんし》に連載《れんさい》するようにもなった。

主人公は、ふとしたことからファミレスでアルバイトをすることになった、朝陽《あさひ》という女子高生。はじめは自分に自信がなくて、大きな声で「いらっしゃいませ」と言うことすらできなかったけど、いろんなお客さんに接《せっ》したりバイト仲間たちと仕事をしたりしていくうちに、少しずつ変わっていく。

前回は、食事中に雨が降《ふ》りだしたのに、傘《かさ》を持っていなくてこまっている赤ちゃんづれのお客さんに気づいた朝陽が、自分の傘をそっと差し出すという話だった。

真尋《まひろ》ちゃんは、ハニービィのバイトの人がどしゃ降《ぶ》りのなかで自転車をこいでいるのを見て、その話を思いついたのだと言っていた。

わたしやお母さんが読めば、この店が舞台になっていることはすぐにわかるけど、お店の人たちはたぶん気づいていないだろう。

お客さんの入店を知らせるチャイムが響《ひび》いたあと、お母さんは入り口のほうを見て「あ、来た」とつぶやくと、軽く右手を上げた。

それに気づいた真尋ちゃんは、案内しようとしたらしい店員さんに頭を下げてから、わたしたちの席へとやってきた。

「ごめんごめん、待たせちゃって」

そう言いながら、お母さんのほうではなく、わたしの左横に座《すわ》る。

「ううん。わたしたちも今来たところ」

お母さんの言葉に、わたしも、

「ぜんぜん待ってないよ」

とうなずく。

三人で顔を見合わせたあと、お母さんは真尋ちゃんの服に目をとめて、

「そのチョッキ、すてきね」

と言った。

だけど、オフホワイトのたっぷりとしたブラウスの上に、袖《そで》のないこげ茶色の上着を羽織《はお》っていた真尋《まひろ》ちゃんは、

「これ、チョッキじゃなくてジレよ」

と顔をしかめる。

「え、チョッキとなにがちがうの？」

「お母さん、チョッキなんて言わないでよ」

口をはさんだわたしに顔を向け、お母さんは、

「だって、ジレってはじめて聞いたんだもん。陽架《はるか》は知ってた？」

と聞く。

「知ってるよ。学校に着てくる子もいるし」

「へえー」

目を丸くするお母さんに、真尋ちゃんもわたしも思わず吹《ふ》き出して笑《わら》った。

気にならないくらいのボリュームで流れている音楽や、カチャカチャと聞こえてくる食器の音や、さざ波みたいな話し声のなか、少しくらいの笑い声ならたてても平気だ。

真尋ちゃんは、ファミレスのそういうところも好きなのだろう。

「さあ、どれにしようかな」

写真入りの大きなメニューに顔をかくして、お母さんは少し迷《まよ》っていたけれど、

「よし、決めた。お母さんは期間限定《きかんげんてい》の、秋の天ぷら御膳《ごぜん》っていうのにする。陽架は？」

と、メニューを閉《と》じて顔を出した。

「ハニーレモン唐揚《からあ》げのセット」

「またそれ？　たまにはちがうのにすればいいのに」

「いいの、これが好きなんだから」

お母さんは、ここに来るたびに新しいメニューを選ぶけど、わたしはたいていハニーレモン唐揚げのセットだ。

わたしとお母さんが顔を向けると、真尋ちゃんは、

「キノコの和風パスタ、単品で」

と言った。

「え、それだけ？　誕生日《たんじょうび》なんだから、もっといっぱい食べればいいのに」

「そうだよ、真尋《まひろ》ちゃん。誕生日《たんじょうび》の料理はカロリーゼロだから、いくら食べたって太らないよ」

わたしの言葉に、真尋ちゃんは、

「だれが言ったのよ、そんなこと」

と笑《わら》ってから、

「今日はあんまり動いてないから、このくらいでじゅうぶんなの」

と言う。

「そう？　じゃあ、食後にデザートを山ほど頼《たの》もうね」

お母さんは、あまり納得《なっとく》していないようだったけど、テーブルの上の丸いボタンを押《お》した。

それから、「テーブルに料理が置かれる前に」と、細長い包みをバッグから取り出して真尋ちゃんに差し出した。

「真尋、お誕生日おめでとう」

「おめでとう」

わたしたちの言葉に、真尋ちゃんは「ええっ、なになに、なんだろう」と声をあげながら包みを開いた。

包みから出てきたのはアイスブルーの小箱で、さらにそのなかには、小さなパールがひと粒《つぶ》だけついたネックレスが入っている。

お母さんといっしょに、駅前のショッピングモールにある店で選んだものだ。

「うわあ、かわいいい。ありがとう」

真尋ちゃんは白くてきれいな手で、それを自分の首にかけた。

ぜんぜん高価《こうか》なものではないけれど、首元に沿《そ》うような細いチェーンも小粒《こつぶ》のパールも、真尋ちゃんにはよく似合《にあ》っている。

「真尋ちゃん、三十二歳《さい》だね」

わたしが言うと、真尋ちゃんは、

「そうなのよ、信じらんない。陽架《はるか》くらいのときには、三十二歳ってもっと大人なんだと思ってたのに……」

と、おおげさに肩《かた》を落としてうなだれた。

だけど、

「いやいや、真尋はしっかりしてるよ」

と、お母さんが言ったとたんに顔を上げ、

「そりゃあ、お姉ちゃんよりはね」

と笑《わら》った。

こうして真尋《まひろ》ちゃんとお母さんのそばにいる時間が、わたしは大好きだ。とても安心できるし、のびのびした気持ちになれる。

でもそんなとき、心の隅《すみ》っこに刺《さ》さって取れない小さなとげが、いつもよりチクチク痛《いた》みもする。そして無意識《むいしき》に、右手をぎゅっとにぎりこむ。

あの日、小さな未怜《みれい》の手を離《はな》してしまった自分の右手を。

外はすっかり暗くなり、ガラスのむこうにある広い道路を、車のライトがいくつも通り過《す》ぎていった。

わたしは、祐樹《ゆうき》が塾《じゅく》で見たという未怜のことを、お母さんや真尋ちゃんに話したかった。だけど、せっかく笑っているお母さんをまた悲しませてしまうかもしれないと思うと、それを口にしてはいけない気もした。

ガラスにぼんやりと映《うつ》った自分の顔から、わたしは目をそらした。

「楽しそうだったね、真尋」

帰り道、ハンドルをにぎったお母さんが言った。

わたしは助手席の窓《まど》から、ちっとも変わらない大きさでついてくる丸い月をながめながらうなずいて、

「ネックレスも似合《にあ》ってた。あれにしてよかったね」

と言う。

「でも」

とお母さんがつぶやいたとき、車はゆっくりと止まった。

前を見ると、信号が赤になっていた。

「真尋、食欲《しょくよく》なさそうだったと思わない？」

「んー、そう言われれば……」

真尋ちゃんが食べたのは、キノコの和風パスタだけだった。それも、とてもゆっくりと。

料理を食べ終えたお母さんが、「さあ、デザートをもりもり食べよう」と張《は》りきって言ったときも、真尋ちゃんは「ごめん、これからまた仕事しなくちゃいけないの。

おなかがいっぱいになると眠《ねむ》くなっちゃうから、今日はやめとく」と、わたしたちに向かって申《もう》し訳《わけ》なさそうに両手を合わせた。

だから今日は真尋《まひろ》ちゃんの誕生日《たんじょうび》だというのに、わたしとお母さんがケーキを食べて、真尋ちゃんはカフェオレだけという、おかしな感じになってしまった。

しかも真尋ちゃんは、そのカフェオレですら飲みきっていなかった。

帰り際《ぎわ》に、お母さんが「いそがしすぎるんじゃない？　無理しちゃだめよ」と言ったけど、真尋ちゃんは「大丈夫《だいじょうぶ》」とは言わないで、「まあ、好きな仕事だからね」と笑《わら》っていた。

その弱々《よわよわ》しい笑顔《えがお》を思い出したら、わたしも少し心配になってきた。

信号は青になり、お母さんは、

「ごめん、へんなこと言って」

と言ってから、車を静かに発進させた。

「でも真尋ちゃん、いっぱいしゃべってたよ。今はネコの漫画《まんが》にはまってるとか、ヨガ教室に通いたいとか」

「うん、そうだね。陽架《はるか》にまで心配させるようなこと言っちゃって、ほんとにごめん」
わたしはまた窓《まど》の外を見た。
月は、ずっとわたしたちについてくる。

3　雲のかたち

佐縁馬《さえんま》という苗字《みょうじ》は、この県にはおばあちゃんの家とお父さんの家しかないのだと、小さいときにおばあちゃんから聞いたことがある。

そしてそのふたつの家は、徳真塾《とくしんじゅく》の本校があるのと同じ十倉市《とくらし》の、駅から少し離《はな》れた場所にある。

背《せ》の高い垣根《かきね》で囲《かこ》まれた広い敷地《しきち》に、古い家と新しい家がならんで建っていて、古いほうにはおばあちゃんと友里恵《ゆりえ》おばちゃんが、新しいほうにはわたしたち家族が住んでいた。

友里恵おばちゃんというのは、音大でピアノを教えている、お父さんのお姉さんのことだ。

古いほうの家は大きな平屋で、たくさんある窓《まど》がいつもすっきりと磨《みが》かれていた。

昼間は家じゅうのカーテンが開け放たれていたから、緑の葉っぱに揺《ゆ》れる光が部屋のなかに差しこんで、畳《たたみ》の上や白い壁《かべ》に模様《もよう》を描《えが》いた。

新しいほうの家は二階建てだった。わたしと未怜《みれい》の部屋には二段《だん》ベッドが置かれていて、夜になって電気を消すと、天井《てんじょう》にたくさんの星の絵が浮《う》き出るようになっていた。


四年前のあの日は夏休みに入っていたし、お父さんは数日前から出張《しゅっちょう》で家にいなかったのに、お母さんはいつもより早起きをした。

そして、わたしと未怜を起こすとすぐに服を着替《きが》えさせ、家のなかをきれいに整えると、厚《あつ》いカーテンを開けてレースのカーテンだけにした。

まだうす暗い庭は、レースのカーテン越《ご》しには見えなくて、ただぼんやりと青白い光だけが透《す》けていたのをおぼえている。

お母さんは、大きなキャリーバッグを手にしてリュックを背負《せお》い、わたしにもランドセルを背負わせた。

それからわたしたちは、古いほうの家のカーテンが閉《と》じられているうちに玄関《げんかん》を出て、マツやツツジやツバキなど、いかにも昔の家にありそうな木がたくさん植えられている庭を小走りで抜《ぬ》けた。

どうしてそんなふうにこそこそと家を出なければならなかったのか、そのときにはわからなかったけど、今ならわかる。あのとき、もしおばあちゃんたちにきちんとあいさつしていこうとしたら、わたしも未怜《みれい》も、きっとお母さんから引き離《はな》されることになっていただろう。

わたしは、未怜の手をしっかりにぎってお母さんの背中《せなか》を追った。

わたしが手を取ると、いつも「お母さんがいい！」とふりほどいていた未怜も、そのときだけはわたしの手をにぎり返してきた。

裏口《うらぐち》から庭を出たわたしたちは、細い道路のはしっこで待っていたタクシーに乗りこみ、未怜を真ん中にして後ろのシートに座《すわ》った。

家を出ていくことの意味はなんとなくわかっていたけど、この家にはもう二度ともどれない、という感じはしなかった。

ただ出張《しゅっちょう》から帰ってきたお父さんが、とてもさびしい気持ちになるだろう、とは考えた。わたしや未怜に、お土産を買って帰るかもしれないのに。そう思うと、お父さんがかわいそうでたまらなくなった。

仕事で海外に行くと、お父さんはいつもきまって絵本を買ってきてくれた。むずかしい外国の字を読むことはできなかったけど、見慣《みな》れない色で描《か》かれた絵は、どれもうっとりするくらいきれいだった。

自動車会社で新しいエネルギー車の開発をしているというお父さんは、出かけた先で自分が関わった車を見かけたり、テレビのCMでその映像《えいぞう》が流れたりすると、「あれ、お父さんたちが造った車なんだぞ」と、まるで子どもみたいに得意《とくい》げに言った。ふだんは無表情《むひょうじょう》なお父さんがたまに笑《わら》うと、わたしの心は明るくなった。だからわたしは、お父さんのことが大きらい、というわけではなかったのだと思う。

でも、そのときのわたしはなにも言わずに、お母さんについていくことにした。お母さんのそばにいてあげなければ、お母さんが死んでしまいそうな気がしてこわかった。

なぜならそのころのお母さんは、いつも少しむくんだような顔をして、お父さんのワイシャツの衿《えり》を何度もこすっては、「よごれ、ちゃんと落ちてるよね。きれいになったよね？」と子どものわたしにまで聞いたり、おじいちゃんの法事などで親戚《しんせき》が集まるときには、「この服でおかしくないかな、まちがってないかな」と、鏡の前で何度も着替《きが》えたりするようになっていたからだ。

タクシーは夜明けの住宅街《じゅうたくがい》を抜《ぬ》け、駅前の大通りを過《す》ぎ、大きな川にかかる橋を渡《わた》って進んでいった。

そうして真尋《まひろ》ちゃんのマンションの前にたどり着いて、三人でタクシーを降《お》りたとき、あたりはもうきらきらした朝の光に包まれていた。

大きな荷物を抱《かか》えてエレベーターで五階まで行き、真尋ちゃんの部屋のなかに入ったとたん、お母さんはそこにしゃがみこみ、わたしと未怜《みれい》は手をつないだまま、そんなお母さんをだまって見下ろした。

真尋ちゃんは、わたしたちを奥《おく》に招《まね》き入れてドアをきっちりと閉《し》めると、くるりと向きを変えて両手を広げた。

そこでわたしは、やっと未怜の手を離《はな》し、真尋ちゃんのおなかにしがみついた。すると未怜も、同じように真尋ちゃんの腰《こし》にくっついて、声をあげて泣きだした。

そして足元にいたお母さんは、くぐもった小さな声で「よろしくお願いしまぁす」と言ったのだ。

その翌日《よくじつ》には、家を出る前にお母さんが発送していた段ボール箱の荷物が届《とど》いて、仕事部屋とリビングと小さなキッチンしかない真尋ちゃんの家は、ますますせまくなってしまった。

お母さんは、それからすぐに仕事や未怜の保育園《ほいくえん》をさがし始め、そのあいだ家で仕事をしている真尋ちゃんが、わたしと未怜の面倒《めんどう》を見てくれた。

そのころの真尋ちゃんは、まだほかの漫画家《まんがか》さんのアシスタントもしていていそがしかったはずなのに、せっかくの夏休みだからと、動物園につれていってもくれた。

それまでのわたしにとって、動物園はあまり楽しい場所ではなかった。

なぜなら家族で行くと、いつもわたしたちの先頭を歩くお父さんが、どの動物の前も短い時間で通り過ぎてしまうからだ。

「もっと見たい」と言って未怜がぐずると、お父さんはたちまち不機嫌《ふきげん》になった。泣いてその場に座《すわ》りこむ未怜と、ふり向きもせずに歩いていくお父さんのあいだで、お母さんはおろおろしていた。

お父さんは、大声でどなったり暴力《ぼうりょく》をふるったりすることはなかったけれど、気に入らないことがあるとむすっとしてだまりこみ、まっすぐ前だけ見るようになる。

そして、わたしたちがその場にいないかのようにスマホをさわり始めたり、鼻で大きなため息をついたりするのだ。

人の気持ちは伝染《でんせん》していく。不機嫌《ふきげん》な人やイライラしている人がそばにいるのに、楽しい気持ちになんてとてもなれない。

わたしのなにがいけなかったのだろう、どうすれば笑《わら》ってもらえるだろうと考えるようにもなって、体のなかがどんよりと濁《にご》る気がする。

だけど真尋《まひろ》ちゃんは、お父さんとちがってわたしたちを急《せ》かさなかった。

レッサーパンダを気に入った未怜《みれい》が見飽《みあ》きるまで、何分でもそばに立って待っていてくれたし、肩《かた》からななめ掛《が》けにしたカバンから取り出したノートに、カワウソやニホンザルの絵を描《か》いてもくれた。

マンションのベランダから三人で空を見上げて、雲のかたちがなにに見えるか、言い合って遊ぶのも楽しかった。

みんな同じ空を見ているはずなのに、見える雲のかたちはそれぞれにまるでちがっていた。

特に未怜は、雲を思いもよらないものにたとえた。「あの雲はー、つぶれた肉まんっ」「あっちはモグラ。ヘルメットかぶってー、スコップ持ってー、大きなミミズと戦います」と、勝手にメロディーをつけて歌ったり、空に散っている小さな雲を見て「とうもろこしの、つぶつぶだあっ」とさけんだりもした。

真尋ちゃんとわたしは、それを聞いてけらけら笑い、そんなわたしたちを見て未怜も笑った。

笑うといつも、未怜の左頰《ひだりほお》にはかわいいえくぼができた。

わたしも未怜も、ぶかぶかの服を着た、絵の上手な真尋ちゃんが大好きだった。

お母さんの仕事がみつかり、未怜が保育園《ほいくえん》に通えるようになって、わたしたちが近くのアパートに引っ越《こ》してからも、真尋ちゃんはずっと頼《たよ》りになる存在《そんざい》だった。

お母さんの仕事がいそがしいときには、未怜を保育園まで迎《むか》えにいってくれたし、わたしと未怜が熱を出して寝《ね》こんだときには、看病《かんびょう》もしてくれた。

気持ち悪くて布団《ふとん》の上で吐《は》いてしまったときにも、「大丈夫大丈夫《だいじょうぶ》」とやさしく言いながら、ぜんぶきれいにしてくれた。

こまったときには、必ずすぐに飛んできて、そばにいてくれたのだ。

ぐつぐつ煮《に》えるグラタンをスプーンですくって、ゆっくりと口に入れた。たっぷりのチーズとホワイトソースのなかに、一センチくらいのサイコロ形に切られたさつまいもが入っている。

ほっくりとあまいさつまいもを飲みこんで、わたしが、

「おいしい」

と言うと、テーブルのむかいに座《すわ》っていたお母さんは、ようやくほっとしたような笑《え》顔《がお》になった。

「よかった。今日はホワイトソースに生クリームを入れなかったから、コクが足りないんじゃないかと思ったんだけど」

「牛乳《ぎゅうにゅう》だけで、じゅうぶんおいしいよ。生クリームなんて高いし」

「そう、高いしね」

「ね」

とうなずいたとき、アパートの天井《てんじょう》からトトトトトッと、うすい板をたたくような音がした。

わたしとお母さんは同時に天井を見上げたあと、ふっとゆるめた顔を見合わせる。

この部屋のすぐ上の三階には、四歳《さい》と二歳くらいの兄弟が住んでいて、走ったり跳《と》んだりするたびにかわいい足音が降《ふ》ってくるのだ。

わたしもお母さんも、その足音をうるさいと思ったことは一度もない。それどころか、楽しみにしているくらいだ。

お母さんとふたりで暮《く》らすようになってから、食事のときなどは静かすぎてさびしいと思うことがある。

そんなとき、天井から元気そうな足音が聞こえると、ちょっとうれしくなってくる。お母さんの帰りが仕事でおそくなる夕方も、上にだれかがいると思うとほっとする。

わたしは、熱いチーズがくっついたせいで水ぶくれになるだろう上あごを気にしながら、スプーンをまた口に運んで、

「おいものグラタン、最高だね」

と言った。

あまいさつまいもを使ったグラタンは、お母さんの得意料理《とくいりょうり》のひとつで、毎年秋から冬にかけて何度も食卓《しょくたく》にのぼる。

だけど、すごくおいしいそれでさえ、お母さんは「どうかな？」という感じの、少

し不安そうな表情《ひょうじょう》を浮《う》かべてテーブルに置く。

お母さんは、自分の料理に自信がないのだ。

それはたぶん、お父さんがよくお母さんの料理に点数をつけていたせいだと思う。「今日のスープはうまくできてる、八十点」とか、「この春巻《はるま》き、揚《あ》げすぎてるから四十点だな」という感じで。

たいていは六十点から八十点くらいだったけど、たまに二十点や三十点になるときもあった。そして、わたしがおぼえている限《かぎ》り百点になったことはない。

お父さんは、フレンチレストランのシェフでも日本料理店の板前でもそば打ち名人でもないし、家で料理をするわけでもなかった。だけどお母さんは、そんなお父さんがつけるいいかげんな点数をいちいち気にして、落ちこんだり喜《よろこ》んだりをくり返していた。「この煮物《にもの》、ちょっと辛《から》かったかな」とか、「生姜《しょうが》をもっと入れればよかったのよね」などと言ってため息をつくお母さんを見るのはつらかったけど、「お父さん、ビーフシチューは九十五点って言ってくれたね」と、うれしそうにしている姿《すがた》を目にするのも、すごくいやだった。

だから今、お母さんが作ったものを食べるとき、わたしはちゃんと「おいしい」と口に出すようにしている。

テレビで見る食レポのように、わざとらしくなったり大げさになったりしないように気をつけて、はっきりと言葉で伝える。

去年の冬休みに理歩《りほ》の家に泊《と》まりにいったとき、夕食のすき焼きに、うすい皮一枚《まい》で十センチほどもつながった長ネギが入っていたのにはおどろいた。

だけど理歩のお父さんは、それを見て顔をしかめたり怒《おこ》ったりはせず、「これ、わざと？」とげらげら笑《わら》った。雑種犬《ざっしゅけん》のフクがその声に反応《はんのう》して、部屋中をぐるぐる走り回った。

そして、それを聞いた理歩のお母さんは「そう、わざとよ」と開き直り、食後の片《かた》づけはお父さんが手際《てぎわ》よくやっていた。

だれかをうらやむことなんてほとんどなかったわたしだけど、そのときだけは、理歩がちょっとうらやましくなった。

トトトトトッと、頭の上でまた足音がした。

4　不安の影《かげ》

春に買ってもらったスニーカーは、半年ですっかりでくたびれた。新しいときにはまぶしいほどだった白が、横断歩道《おうだんほどう》の上でくすんで見える。

「陽架《はるか》って、白線しか踏《ふ》まないよね。横断歩道」

学校帰り、少し広い歩幅《ほはば》で跳《と》ぶように歩くわたしに理歩《りほ》が言った。

「あ、バレた？」

「いや、バレたもなにもずっとそうだし」

あきれたように笑《わら》う理歩の髪《かみ》に秋の陽が当たって、メープルシロップみたいに光る。

「癖《くせ》なんだ、白線だけ踏むのが」

「子どもみたい」

「子どもだし」

と言ったところで、横断歩道を渡《わた》り終えたわたしは、理歩とならんで歩きだした。

「理歩は小さいときにやらなかった？　白線の上は陸で、アスファルトは海。落ちたらサメに食べられるから、白線の上しか歩いちゃいけないって遊び」

「ううん、やらなかった」

「アスファルトがアマゾン川で、食べにくるのがワニってパターンもあったけど」

「ふうん。アマゾン川にいるワニといえばクロカイマンか、凶暴《きょうぼう》なやつだよね」

「……そんなこと、よく知ってるね」

「陽架はサメとワニ、どっちに襲《おそ》われるのがいや？」

「どっちもいやだよ、ぜったい」

生き物の好きな理歩の、そんなくだらない質問《しつもん》に答えた直後、わたしは前からやってくる五歳《さい》くらいの女の子を見て思わず立ち止まった。

お母さんらしい女の人と手をつないで歩くその子が、未怜《みれい》によく似《に》ていたからだ。

男の子みたいに短い髪も、力のある目も、白桃《はくとう》みたいなほっぺも、細い手足も。

未怜が突然《とつぜん》つれ去られたのは、ちょうどあのくらいのときだった。三年半も前のことだ。

すれちがいざまにふり返ると、近所の幼稚園《ようちえん》のリュックを背負《せお》った小さな背中《せなか》が、横断歩道《おうだんほどう》の反対側へと遠ざかっていくのが見えた。

「陽架《はるか》っ」

と呼《よ》ばれて前を向くと、数メートル先にある神社の鳥居《とりい》の前で理歩《りほ》が待っていた。

横断歩道のむこうにたどり着いた女の子と理歩とのあいだに立って、わたしは一瞬《いっしゅん》、どっちに行けばいいのかわからなくなる。

「なにしてんの？」

と理歩に言われ、ようやくハッとして歩きだした。

その日の夕方、宿題の漢字ドリルを終えたときに電話が鳴った。

それはお母さんからで、「ちょっとおそくなりそうだから洗濯物《せんたくもの》を取りこんで、ごはんも炊《た》いといて」と言う。

わたしはてっきり仕事でおそくなるのだと思い、「わかった」と軽く返事をした。

それからすぐにベランダの洗濯物を取りこみ、畳《たた》んで引き出しに片《かた》づけ、お米をといで炊飯器《すいはんき》のスイッチも入れた。

ところが、ごはんが炊きあがるころにはもどるだろうと思っていたお母さんは、外がすっかり暮《く》れても帰ってこない。

カーテンをきっちり閉《し》めて待っていると、気持ちがざわざわとして落ち着かなくなり、見もしないテレビをつけたり、頼《たの》まれていないアイロンがけをしたりした。

「ごめんね陽架、おそくなって」と言いながら、お母さんが飛びこむように玄関《げんかん》に入ってきたのは、さらに時間がたってからのことだった。

お母さんはつかれた顔をしていたけれど、家のなかがきちんと片づいているのを見ると「ああ、ありがとう」とほほえんで、「ふうっ」と息をもらした。

様子がおかしい、と感じたのはそのときだ。どこが、と聞かれても答えることはできないけれど、ただなんとなく、いつもとはちがう気がした。

黄色い半額《はんがく》シールが貼《は》られたスーパーの総菜《そうざい》をレンジで温め、フリーズドライのスープにお湯を注《そそ》いでからテーブルにつくと、わたしは少しどきどきしながら、「なにかあったの?」と聞いた。

お母さんは「うん」と小さくうなずくと、スープをひと口飲んで、手にしていたカップをテーブルにもどした。

それから、泣き笑《わら》いのような表情《ひょうじょう》になって言ったのだ。「真尋《まひろ》が病気になっちゃった」と。

わたしには、その言葉の意味がぴんとこなかった。

少しのあいだぼんやりとして、やっと「重い病気？」と聞いたけど、お母さんは「はっきりとはわからないのよ。これからくわしい検査《けんさ》をしてみないと」と、首を左右にふるだけだった。

お母さんの話によると、真尋ちゃんは昼間、連載《れんさい》している漫画《まんが》の取材のために、渡《わた》瀬《せ》さんという出版社《しゅっぱんしゃ》の女の人とふたりでハニービィの近くの公園を歩いていたらしい。はじめは、いつもと変わらないように見えた真尋ちゃんだけど、時間が経《た》つにつれて顔色が悪くなってきた。それでも、「少し休めば大丈夫《だいじょうぶ》」と言ってそばにあったベンチに座《すわ》ったから、渡瀬さんはそこから見えるコンビニまで飲み物を買いに走ったそうだ。

「このどころずっといそがしかったから、つかれてるんだろうなって思ったんです」。病院で会った渡瀬さんは、お母さんにそう話したのだという。

ところが、スポーツドリンクを買ってもどってみると、真尋ちゃんは座ったままで体をひねり、ベンチの背《せ》もたれに抱《だ》きつくようにしてぐったりしていた。

お母さんのスマホに連絡《れんらく》があったのは、救急車《きゅうきゅうしゃ》で運ばれてからだったらしい。おどろいたお母さんは職場《しょくば》の人に事情《じじょう》を話して早退《そうたい》し、病院にかけつけたそうだ。

わたしが、「えっ、救急車で運ばれたの？」と少し大きな声で言うと、お母さんは「うん、でも大丈夫よ。今は落ち着いてるし、ちゃんと話もできたから。ただ診察《しんさつ》のあと、入院の手続きや準備《じゅんび》をしてたらこんな時間になっちゃったの」と話してから、長いため息をついた。

とりあえず今日から大学病院に入院して、くわしい検査や治療《ちりょう》を進めることになったのだけど、お医者さんからは、重い病気の可能性《かのうせい》もあると言われたらしい。

わたしの手は、寒くもないのに少し震《ふる》えた。

おそるおそる「治るの？」と聞くと、お母さんは「大丈夫、ぜったい治るよ」と、深くうなずく。

だけどそれから、「今は医療《いりょう》も進歩してるし、あの病院にはりっぱな先生がたくさんいらっしゃるし、なにより真尋は強いから」と続けて言ったから、ああ、お母さんもきっと不安なんだな、と思った。

それから、わたしもお母さんもだまりこんでしまった。

だけどしばらくすると、上の階からトトトトッと軽やかな足音が聞こえてきて、それからすぐに、ドタッと重い音が響《ひび》いた。

わたしとお母さんは、「あっ、こけた」「転んだね」と同時に言って、少し笑《わら》った。

それをきっかけに、「まあでも、真尋《まひろ》は運がいいんだから大丈夫《だいじょうぶ》よ」「もちろん、大丈夫に決まってる」「漫画《まんが》の新人賞《しんじんしょう》だって、高校を卒業してすぐにとれたのよ。佳作《かさく》だったけど」「去年は宝《たから》くじが当たったしね、三万円も」と言い合った。

そうしてにぎやかにしゃべっていなければ、たちまち不安の影《かげ》がもっと濃《こ》いものになって、覆《おお》いかぶさってくるような気がしたのだ。


真尋ちゃんが入院して四日目の日曜日、わたしはお母さんといっしょに大学病院までお見舞《みま》いに行った。

町の中心部から少し離《はな》れたところにあるそこは、遠くからながめていたときに思っていたより、ずっと巨大《きょだい》な建物だった。

立体駐車場《りったいちゅうしゃじょう》には、車がほとんどすき間なくとまっていたし、複雑《ふくざつ》な形の建物のどこから入ればいいのかもわからなかった。

だけど、タオルなどを入れた大きな布袋《ぬのぶくろ》を肩《かた》に引っかけたお母さんは、早足ですたすたと歩いていった。わたしもその後ろについて、厚《あつ》いガラスの自動ドアから中へ入った。

つい きょろきょろとまわりを見回してしまうわたしとちがって、お母さんは広くて天井《てんじょう》の高いロビーを一直線に通り過《す》ぎる。

生まれたてのような赤ちゃんからお年寄《としよ》りまで、たくさんの人たちがいるロビーを抜《ぬ》けると、どこにでもあるコンビニがそのまま廊下《ろうか》の奥《おく》にすっぽりと入っていたからおどろいた。

そのむこうにはチェーン店系《てんけい》のカフェもあり、病院服にカーディガンを羽織《はお》ったり、足に包帯を巻《ま》いたりした人たちが、座《すわ》ってお茶を飲んでいる。

ここは、思っていたより楽しいところなのかもしれない。そんな気持ちは、入院棟《にゅういんとう》の大きなエレベーターに乗って七階で降《お》りたとたんに消え去った。

しんとした廊下の両側には、まったく同じクリーム色の引き戸がならんでいて、トイレの洗剤《せんざい》をうすくしたような匂《にお》いが漂《ただよ》っていた。

暖房《だんぼう》が効《き》いているはずなのに、空気はなぜかひんやりとしていて重い。

エレベーターのすぐ前にあるナースステーションには、看護師《かんごし》さんたちが六人ほどいて、だまってそれぞれの仕事をしているようだった。

わたしは急に気持ちが沈《しず》んでしまったのだけど、お母さんはナースステーションの人たちに、「お世話になります、朝井《あさい》です」と笑顔《えがお》で声をかけた。

すると看護師さんのひとりが、「あ、朝井さん」とパソコンの前で立ち上がり、紙を手にして「先日の書類なんですけど、もう一か所サインしていただきたいところがありまして」と言いながら近づいてきた。

お母さんはわたしをふり返り、「陽架《はるか》、先に行ってて。七二三号室の左の窓側《まどがわ》だから」と言った。

ひとりで行くのは心細かったけど、小さな子みたいに「お母さんと行く」とも言えなくて、わたしは静かに歩いて真尋《まひろ》ちゃんの病室に向かった。

途中《とちゅう》、大量のシーツや枕《まくら》カバーのようなものをのせたワゴンを押《お》している作業服のおじさんとすれちがい、頭を下げた。

七二三号室の大きな引き戸は、開けっ放しになっていた。

おそるおそる入った病室は、意外に明るかったけど、四つあるベッドはそれぞれあわい緑のカーテンで囲《かこ》まれているから、どんな人がいるのかわからない。

真尋ちゃん、このあいだ会ったときよりやつれていたらどうしよう……。

そう思うと、カーテンを開けるのがこわかった。

元気がない真尋ちゃんを見て、わたしがショックを受けていることが伝わったら、きっと真尋ちゃんは傷《きず》つくだろう。だからといって、こんなときに「元気そうだね」と言うのもおかしな気がする。

明るくしていたほうがいいのか、しんみりしているべきなのかわからない。

早くお母さんが来ればいいのに、と思いながら、左の窓際《まどぎわ》のカーテンをそっと開けて中をのぞくと、真尋ちゃんは目を閉《と》じて横になっていた。

「あ、寝《ね》てる」

とつぶやくと、真尋ちゃんのまぶたが少しだけ動いた。

せっかく寝ていたのに起こしてしまった。そう思ったとき、

「未怜《みれい》に……」

と、ささやくような声が聞こえた。

「えっ、未怜《みれい》？」

思わず聞き返すと、真尋《まひろ》ちゃんはふっと目を開き、その顔をわたしに向けた。

そして、

「あぁ、陽架《はるか》」

と言ってほほえんだ。

その口調も表情《ひょうじょう》も、いつもどおりの真尋ちゃんだったからほっとした。さっきの言葉は、たぶん寝《ね》ぼけて言ったものなのだろう。

ふいに背中《せなか》から、

「真尋、どう？」

と声がして、お母さんもカーテンの内側に入ってきた。

お母さんは、真尋ちゃんを見るとすぐ、

「ああよかった、顔色いいね」

とうなずいた。

真尋ちゃんは、ゆっくりと上半身を起こしながら、

「退屈《たいくつ》すぎるよ」

と言って笑《わら》う。

いつもなら、体がふたつくらい入りそうな服を着ている真尋ちゃんが、サイズのぴったり合った、ミントグリーンの病院服を着ているのはへんな感じだった。

やせたとかやつれたとかではなくて、真尋ちゃんってこんなに小さかったんだと思うと、胸《むね》がきゅうっと縮《ちぢ》む気がした。

「ずいぶん調子がよくなったんだってね。看護師《かんごし》さんから、病院内なら動いてもいいって言われたよ。下のカフェまで行ってみる?」

お母さんが聞くと、真尋ちゃんはすぐに、

「うん、行く。ずっと気になってたんだ」

とうれしそうに言った。

カフェには、四人がけのテーブルが六つとふたりがけのが四つ、かなり広い間隔《かんかく》をあけて置かれていた。

「広いね」

と言うと、

「車いすも通りやすいようになってるのよ」

と、真尋《まひろ》ちゃんは教えてくれた。

わたしはカボチャのタルトとりんごジュースを、お母さんと真尋ちゃんはほうじ茶オレを頼《たの》んだ。

「病院でこんなものが飲めるなんて」

と、真尋ちゃんはにこにこしていて、

「今度は、院内カフェを舞台《ぶたい》にして漫画《まんが》を描《か》いてみようかな」

と言う。

「真尋って、食べ物があるところが好きなのよね」

とお母さんが言い、

「うん、自分でもそう思う」

と真尋ちゃんはうなずいた。

思っていたより明るい真尋ちゃんを見て安心したけど、楽しく話しているあいだもずっと、さっき寝《ね》ぼけた感じで真尋ちゃんがつぶやいた、「未怜《みれい》に……」という言葉が気になっていた。

「未怜に……」のあとで、真尋ちゃんはどんなことを言いたかったのだろう。もしかして、「未怜に会いたい」と続けたかったのではないだろうか。

そう思うけど、お母さんの前で聞くことはできなかった。

気づくとわたしは、右手をまたにぎりこんでいた。

「もう飲めないの？」

と言うお母さんの声にハッとして見ると、真尋ちゃんは、喜《よろこ》んで飲み始めたほうじ茶オレが飲みきれず、カップに三分の一ほども残していた。

5　流れを変える

　月曜日の朝、教室に入ってランドセルを下ろすとすぐに、わたしは祐樹《ゆうき》の席の前に立ち、

「ねえ、徳真塾《とくしんじゅく》の本校ってどうやって行くの？」

と聞いた。

　机《つくえ》に教科書を入れていた祐樹は、少しおどろいたように顔を上げ、

「あっ、朝井《あさい》さんおはよう」

と言う。

「おはよう。で、塾の行き方なんだけど」

「え、朝井さんが行くの？　徳真塾に」

「うん」

「でも、あそこには入塾テストがあるよ。けっこうむずかしいけど大丈夫《だいじょうぶ》？」

祐樹は、そんな失礼なことを言う。

だけどそれは、からかうような感じではなく、むしろ本気で心配してくれているようだったから、わたしはムカつく気持ちをぐっと抑《おさ》えて、

「塾に入るんじゃなくて、ただその場所に行きたいだけだから」

と言った。

祐樹は目と口を小さく開けるのと同時に、顔だけ前につき出した。声は出ていないけど、その顔は「はい？」と言っているようだ。

「あのね。祐樹、二週間くらい前に言ってたでしょ、塾で佐縁馬《さえんま》っていう子に会ったって」

「ああ、うん」

わたしは思いきって、

「その子、わたしの妹なの。ちょっと理由があって、お父さんとおばあちゃんと暮《く》らしてるから、もうずっと会ってないんだけど」

と打ち明けた。

祐樹《ゆうき》はきっと興味《きょうみ》を持つだろう。そして、「朝井《あさい》さんちって変わってるね」と言ったり「理由ってどんな？」と聞いたりするのだろう。

そう覚悟《かくご》していたのだけど、意外にも、

「やっぱりそうか」

と、あっさりしていた。

それでわたしのほうも力が抜《ぬ》けて、少し話しやすくなった。

「わたし、どうしても妹に会わなくちゃいけない用ができたから、塾《じゅく》まで迎《むか》えにいくことにしたんだ。こないだは、親戚《しんせき》じゃないなんてうそついて、ごめんね」

「べつにいいよ、そんなこと。それよりオレ、きょうだいいないから、妹がいるってだけでうらやましい」

こんな面倒《めんどう》な家族のなかにいるわたしが、うらやましいと言われるなんて思わなかった。思いがけない言葉に、どう応《こた》えたらいいかわからずだまっていたら、

「あ、ごめん」

なぜか祐樹が謝《あやま》った。

「ん？　なんで謝るの？」

「いや、オレまたよけいなこと言ったんじゃないかと思って。こういうときは、ただ塾への行き方を教えてあげればいいんだよな。いらないことはしゃべるな、言っていいことかどうかは口に出す前に考えろって、父さんからしょっちゅうしかられる」

「いや、そんな」

「でもつい、よけいなことしゃべっちゃうんだよなあ」

そう言って笑《わら》う祐樹の顔は、なぜか少し悲しそうに見える。

祐樹はそれから、

「十倉駅《とくらえき》までの行き方はわかる？」

と言うから、わたしはうなずいた。

「十倉駅に着いたら東口から出て、そのまま大通りをまっすぐ行くんだ。しばらく進むと、右手にお菓子《かし》の専門学校《せんもんがっこう》があるから、そこを右に曲がる。銀行や旅行会社の前を通り過《す》ぎて、大きな川にかかる橋を渡《わた》るとすぐに照明器具のショールームがあって、徳真塾《とくしんじゅく》はそのとなり。簡単《かんたん》だろ？　お菓子の専門学校は、お城みたいな建物だからわかりやすいよ」

「うん。東口の大通りをまっすぐ行って、お城みたいなお菓子の専門学校を右。そして橋を渡《わた》る」

「佐縁馬《さえんま》さん、あ、むこうの佐縁馬さんだけど。模試《もし》やテストのために来てたわけじゃないみたいだったから、毎週本校に通ってるんだと思う。小学生は土曜日の十時に来るはずだから、その前から張《は》りこみしてたら、捕《つか》まえることができるよ」

犯人《はんにん》を逮捕《たいほ》するわけじゃないんだけどな、と思いながら、わたしは、

「うん、わかった」

とうなずいた。

「オレ、ついてってやろうか？」

「え、なんで？」

「なんでって、不安そうな顔してるから」

「いや、大丈夫《だいじょうぶ》。ひとりで行けるよ」

「本当に？」

「うん」

「じゃあ、気をつけろよ」

たぶん祐樹《ゆうき》は、みんなが思っているより、そしてわたしが思っていたよりいいやつ

だ。

「祐樹」

「ん?」

「ありがとう」

そう言って席にもどると、自分の心臓《しんぞう》がどきどきしていることにようやく気づいた。未怜《みれい》に会おうと決めたのはわたしだけど、それが少しずつ現実《げんじつ》になっていくことは、やっぱり少しこわいのかもしれない。

昼休み、

「ねえ、小学校に入る前のことっておぼえてる?」

と聞くと、理歩《りほ》は大きな水槽《すいそう》に水出し用ポンプのはしっこを入れながら、

「小学校に入る前っていうと、幼稚園《ようちえん》のとき?」

と聞き返した。

「うん、そのくらい」

保健室前《ほけんしつまえ》の廊下《ろうか》に置かれている金魚の水槽の水替《みずか》えは、生き物委員が交代でやるこ

とになっていて、今日は理歩《りほ》が当番なのだ。

わたしは、ポンプの反対側のはしっこを、よごれた水を受けるバケツに入れた。

あとは理歩が、ポンプの真ん中にある青い筒《つつ》みたいなところを何回か押《お》せば、チューブを通って水槽《すいそう》から水が流れ出るようになっている。

水替《みずか》えの手伝いなんてまるでする気のなさそうな恵奈《えな》は、窓《まど》の外に目をやったまま、

「恵奈はあんまりおぼえてないな。あ、でも、まりんちゃんっていう子がすっごいうそつきだったのはおぼえてる。あと、給食のミニタルトがおいしかったこととか、幼《よう》稚園《ちえん》バスの時間におくれそうになって、毎朝ママと走ってたこととか」

と言った。

「それ、けっこうおぼえてるほうなんじゃない？」

わたしが言うと、恵奈は、

「でも、とぎれとぎれの記憶《きおく》だもん。アニメのストーリーは忘《わす》れちゃったけど、短いシーンだけはいくつかおぼえてる、みたいな」

と、わたしのほうに顔を向けた。

わたしは、

「その感じ、わかる」

とうなずいた。

だけど理歩は、

「わたしは、年中組くらいからならけっこうおぼえてるよ。先生の名前も顔も今でもわかるし。お父さんが、保護犬《ほごけん》だったフクをもらってきたのもそのころだった。かわいくてかわいくて、フクといっしょにいたいから幼稚園には行かないって、よく泣いてた」

と言う。

バケツのなかによごれた水が勢《いきお》いよく流れこんだから、理歩は「わ、やばっ」と言いながら、チューブを水槽から引き抜《ぬ》いた。

「え、よごれた水、それだけしか出さないの？」

と恵奈が聞く。

「うん。水替えは水槽の三分の一ずつすることになってるから。中の水を三分の一ほど外に出して、カルキを抜いた新しい水を同じくらい足すだけ」

「えーっ、ついでにぜんぶ替えちゃったほうがすっきりするのに」

と言う恵奈《えな》の言葉に、わたしもうなずく。

だけど理歩《りほ》が、

「ぜんぶ新しくすると、水のなかにあるバクテリアがなくなっちゃうからだめなの。金魚って丈夫《じょうぶ》そうだけどけっこう弱くて、水質《すいしつ》や水温が急に変化すると病気になって死んじゃうんだ。生き物にとって、環境《かんきょう》ってだいじなんだよ」

と教えてくれる。

わたしも恵奈も、「へえー」「ほおー」とうなずいた。

放課後、昇降口《しょうこうぐち》から出たところで、

「昼休み、なんであんなこと聞いたの？」

と理歩が言った。

「え、水替《みずか》えのこと？」

「ううん。小学校に入る前の記憶《きおく》のこと」

「ああ」

わたしは一度うなずいてから、

「未怜《みれい》が、わたしやお母さんのこと、ちゃんとおぼえてるかなあって気になって。むこうの家に行ったときには、まだ小さかったから」

と答えた。それから思いきって、

「あのね、わたし、未怜に会いにいこうと思ってるんだ。真尋《まひろ》ちゃんが会いたがってるみたいだから、つれていってあげることにしたの」

と続けた。

「あ、そうか。真尋さん入院しちゃったんだよね」

「うん。昨日お見舞《みま》いに行ったよ。思ってたより元気そうだったけど、未怜を見たらもっと元気が出るんじゃないかと思って」

「お母さんと行くの？　未怜ちゃんのところ」

「ううん、ひとりで」

「陽架《はるか》だけ？」

「うん。お母さんには言ってない。うちのお母さん、そういうこと聞くと、きっとなやむと思うから」

そう言うと、理歩は小さく、

「そうか、そうだね」

とうなずいた。

未怜《みれい》と離《はな》れたあとでお母さんの元気がなくなったことを、理歩《りほ》も知っているのだ。

それから校門を出てゆっくりと歩きながら、わたしは口を開いた。

「真尋《まひろ》ちゃんが会いたがってるからって、さっきは言ったけど」

「うん」

「本当はそれだけじゃないんだ」

「え？」

「なにかいつもとちがうような、思いきったことをしてみたくて。そしたら、真尋ちゃんの病気がよくなるような気がするんだよね。なんていうか、流れが変わる、みたいな。わたしにできること、ほかにないし」

話しながら、なに言ってるんだろうわたし、と思った。

でも理歩は、

「うん、わかるよ。そういう気持ち」

と言ってくれた。

6　カメさんパン

わたしの席は真ん中の列のいちばん後ろだから、クラスのみんなの後ろ姿《すがた》がよく見える。

ひょろりと細い背中《せなか》も、どっしりとした背中も、まっすぐに伸《の》びて動かない背中も。

みんな前を向いて座《すわ》り、同じように国語の教科書を広げて担任《たんにん》の笠岡先生《かさおかせんせい》の話を聞いている。

だけど、心のなかはきっとそれぞれちがうはずだ。

このなかに、親が離婚《りこん》した家の子はどのくらいいるだろう。家族や大好きな人が病気になってしまった子も、いるだろうか。

雨のせいか、男の人にしては長い笠岡先生の髪《かみ》の毛が、いつも以上に波打っている。

先生が、名刺《めいし》サイズの空色のカードをみんなに配ったのは、たしか夏休みに入る前だった。こころの電話（ひとりじゃないよ）と白抜《しろぬ》きの文字で書かれた下に、電話番号とメールアドレスが記してあるそれは、市内の小学生ぜんぶに配られるものらしかった。

「休み中でも先生は職員室《しょくいんしつ》にいるから、なにかこまったことやなやみごとがあったら、いつでも話しにきてください。ただ、先生や親にはどうしても言いづらいと思ったら、このカードに書いてある番号に電話するんだぞ。だれかに話すことは解決《かいけつ》の第一歩だから、ぜったいにひとりで抱《かか》えこんだり思いつめたりしないように」。先生は大きな声でそう言ったけど、わたしは首をかしげた。

だれかに話して簡単《かんたん》に解決できるようなことを、なやみなんて言うのだろうか。だれにも話すことができなくて、もやもやした気持ちが胸《むね》いっぱいに広がって息苦しくなってくる。なやみって、そういうものだと思うのだけど。

わたしは、自分の家のややこしい事情《じじょう》を、友だちや先生には知られたくない。

理歩《りほ》は、わたしが転校してきてすぐに仲良くなった友だちだから、まだこっちにいたころの未怜《みれい》のことを知っている。三人で遊んだことだってある。

だけど、そんな理歩にも、未怜が目の前でつれ去られたことだけは話していない。

理歩はただ、未怜は小学校に入学するのをきっかけに、お父さんのところにもどったと思っているはずだ。

あの空色のカードを、わたしはどこにやっただろう。夏休みの宿題といっしょにランドセルに入れたところまではおぼえているのに、それからがわからない。

たとえみつかったとしても、そこに電話することはないけれど。

「朝井《あさい》さん、朝井さんっ！」

ハッとして顔を上げると、笠岡先生《かさおかせんせい》が口をへの字に結んでわたしを見ていた。

さっきまでは、クラスのみんなの背中《せなか》ばかりが見えていたけど、今はふり返った顔がいくつも見える。

「ぼうっとしてないで、続きを読んで」

先生に言われて、わたしはあわてて立ち上がった。


未怜が突然《とつぜん》つれ去られたのは、一月のとても寒い日だった。保育園《ほいくえん》の卒園式の、二か月くらい前だったと思う。

いつもぼんやりしているわたしとちがって、未怜は気に入らないことがあるとすぐに怒《おこ》ったり泣いたりする子だったのだけど、そのころはとくに機嫌《きげん》が悪くて、わけのわからないわがままを言っては毎日のようにお母さんをこまらせていた。

ときには泣きながら、小さな手でわたしをパシパシとたたくこともあった。

今から思えば、急にお父さんから離《はな》されて真尋《まひろ》ちゃんの家に転がりこんだり、アパートに引っ越《こ》したり。そんなことが半年のあいだに起こったのだから、未怜《みれい》の気持ちが落ち着かないのは当然だったのかもしれない。

しかも、それまで一日中家にいたお母さんは外に出て仕事をするようになり、未怜は夕方まで保育園《ほいくえん》に預《あず》けられることになったのだ。

休日だったあの朝も、未怜はずいぶんおそくに起きてきて、パジャマのままでダイニングテーブルの子ども用の椅子《いす》に座《すわ》った。

だけど、お母さんが用意していた小さなおにぎりや味噌汁《みそしる》の朝ごはんには手をつけず、「こんなの食べない。カメさんパンがいい」と、ぐずぐず文句《もんく》を言いだした。

カメさんパンというのは、アパートから自転車で五分ほど離れたパン屋さんで売られている菓子《かし》パンのことだ。甲《こう》らの部分がメロンパンになっていて、頭と尻尾《しっぽ》と小さな足がついている。

かわいくてあまいそのパンが、未怜は大好きだった。

お母さんは、「カメさんパンはお昼に買ってきてあげるから、朝はこれを食べようね」と何度も言って未怜をなだめようとしたけれど、未怜は首をふって「いや、いや」とくり返し、とうとう大声で泣きだしてしまった。

未怜のわがままにうんざりしていたわたしは、いやなら食べなければいい、と意地悪な気持ちになったのだけど、お母さんは「しかたないわね」とため息をつきながらエプロンを外した。

食べ物の好ききらいがはげしくて、同い年のほかの子たちに比《くら》べると体が小さかった未怜のことを、お母さんはとても心配していた。だからきっと、とにかくなんでも食べさせたかったのだと思う。

「カメさんパン、買いにいくの?」とわたしが聞くと、お母さんは「うん、もうお店も開いてるはずだから」とうなずいた。

それから、「お母さんが帰ってくるまで、未怜のこと見ててね」と言うと、子どものわたしが見ても安っぽいと思うようなジャケットを羽織《はお》ってマフラーを巻《ま》いた。

いつもなら、お母さんはまだ二年生だったわたしと未怜をふたりきりでアパートに置いて出かけるなんてことはしない。

だけどそのときは、パジャマ姿《すがた》で泣き続ける未怜《みれい》をつれていくより、自分だけで急いで買いにいったほうがいいと思ったのだろう。

わたしは、機嫌《きげん》の悪い未怜とふたりきりで残されるのはいやだったけど、「行かないで」のひとことが言えなかった。

そしてお母さんは、そんなわたしの気持ちには気づかない様子で、「すぐ帰ってくるから、ぜったいに外に出ちゃだめよ。だれか来てもドアを開けないこと」と言い残して、バタバタと玄関《げんかん》を出ていった。

ドアが閉《し》まり、外から鍵《かぎ》をかける音がしたとたん、未怜の機嫌はますます悪くなった。

自分がカメさんパンを食べたいと言ったくせに、「お母さんは？　お母さんはどこ行ったの？」と、小さな手でわたしの体を何度もたたいた。

流しには、まだ洗《あら》われていない食器が積まれ、テーブルの上には、未怜の朝ごはんだけが残されていた。

せっかくお母さんが作ってくれたおにぎりは、暖房《だんぼう》のせいでかわいてしまっていたし、サラダはしなび始めていた。味噌汁《みそしる》も玉子焼きも、きっと冷たくなっていたはずだ。

キッチンから続く部屋には、未怜が寝《ね》ていた子ども用の布団《ふとん》が敷《し》きっぱなしで、そのまわりはぬいぐるみや絵本で散らかっていた。

「お母さんのとこに行く、お母さんのとこに行く」と、こわれた目覚まし時計みたいに言い続ける未怜の耳に、「お母さんは、パンを買ったらすぐに帰ってくるから」と言うわたしの声なんて聞こえていないようだった。

泣きたいのは、わたしのほうだった。だからわたしは、外に出ることにした。

お母さんには、「ぜったいに外に出ちゃだめ」と言われていたけど、せまい部屋に響《ひび》く未怜の声を聞き続けるより、お母さんにしかられるほうがまだましと思ったのだ。

もう服に着替《きが》えていたわたしはそのままで、パジャマ姿の未怜には、いつも保育園《ほいくえん》に着ていく水色のダウンジャケットを羽織《はお》らせて外に出た。

アパートの部屋は二階だから、外廊下《そとろうか》に立って道路を見下ろしていたら、お母さんが帰ってくるのがきっとわかるはずだ。お母さんの姿が見えたら未怜も落ち着くだろうから、ほんの少しでもうるさい声を聞く時間が減《へ》る。

ところが、玄関《げんかん》の外に出てみると、外廊下《そとろうか》の手すりは思っていたよりも高くて、未《み》怜《れい》が道路を見下ろすことなんてできなかった。いつもそこを通っているはずなのに、そんなこともわからなかった。

しかも、がっかりしているわたしのそばを離《はな》れ、未怜は勝手にコンクリートの階段《かいだん》を下りようとする。「あっ、ここで待ってなくちゃだめ」と、わたしはあわてて未怜の左手をつかんだけれど、未怜は「いやっ、いやっ」とふりほどこうとした。

小さな手の力は意外に強いし、動きはすばやい。

そんなことをしていたら、階段から転がり落ちそうな気がしてこわくなり、しかたなく未怜と手をつないで階段を下りることにした。

細かな雪の粒《つぶ》が、わたしと未怜をからかうように落ちてきた。せめて階段の下からは動かないようにしよう。

そう思ってアスファルトの地面に下り立ったときに、突然《とつぜん》「陽架《はるか》ちゃん、未怜ちゃん」と、聞き覚えのある声がした。

おどろいて声がしたほうを向くと、駐車場《ちゅうしゃじょう》を入ってすぐのところに、緑色の車がとめられているのが見えた。

あれは、友里恵《ゆりえ》おばちゃんの車だ。

そう思うと同時に、助手席側のドアが開いて、黒いコートを着たおばあちゃんが転がるように降《お》りてきた。

久《ひさ》しぶりに見るおばあちゃんは、前のめりになりながら、「心配してたのよ。ふたりとも元気だった?」と言いながら近づいてくる。

どうしてそこにおばあちゃんがいるのか、友里恵おばちゃんの車がとまっているのかわからなくて、わたしはただぽかんと立ちつくしていた。

おばあちゃんは、わたしと未怜の目の前にしゃがむと、「ああ、よかった。やっと会えた」と言って、にこりと笑《わら》った。

ほとんどお化粧《けしょう》をしないお母さんとちがい、近くで見るおばあちゃんの顔は白くて、唇《くちびる》はくすんだローズ色だった。

なんとなくこわくなったわたしは、未怜とつないだ手に力を入れた。といっても、わたしがおばあちゃんのことをきらいだったというわけではない。

おばあちゃんには、よく「陽架ちゃんは女の子なんだから、そんな座《すわ》り方をしてはだめ」とか「お姉ちゃんなんだから、未怜にもっとやさしくしてあげなさい」などと言われて、うっとうしく感じることもあったけど、わたしと未怜《みれい》をたいせつに思ってくれることはわかっていた。

未怜のほうは、おばあちゃんにいろんなことを注意されても、「いやだ」「おばあちゃんはだまってて」と平気で言い返すことができていたから、わたしのようにおばあちゃんを苦手だと感じることもなかったと思う。

そのときも、未怜は言葉の出ないわたしの横で、「おばあちゃん、どうしてここにいるの？　お母さんに呼《よ》ばれたの？」と、はっきり聞いた。ついさっきまで、わがままを言って泣いていたのに、そのときにはもうけろりとしていた。

おばあちゃんは目を細め、「ふたりに会いにきたのよ。陽架《はるか》ちゃんと未怜ちゃんは元気かなあって、心配で心配でたまらなくて、ときどきこうして近くまで来ていたの」と言った。

それから、わたしの頭を少し強い力で何度もなでたあと、未怜の顔を両手ではさんだ。

そして「まっ」とつぶやくと「どうしたの？　未怜ちゃんのほっぺ、涙《なみだ》のあとがいっぱいついてる。お母さん、さっき出ていったみたいだけど、どこに行ったの？

ふたりだけを置いていっちゃったの？」と、顔をしかめた。

わたしはあわてて、「お母さんはすぐに帰ってくるよ。未怜がわがままを言ったから、パンを買いにいっただけ」と言おうとした。

だけど、だんだん表情《ひょうじょう》をけわしくして、「まあ、上着の下はパジャマじゃないの。靴下《くつした》もはかないで」「陽架ちゃんもこんなに薄着《うすぎ》で、ぼさぼさの髪《かみ》のまま外に出て」「ああ、かわいそうに、お手々《てて》が冷たくなってる。かわいそうにかわいそうに」と続けるおばあちゃんの前では、喉《のど》がつまったようになって声をだすことができなかった。

強い風が吹《ふ》いて、雪がくるくる舞《ま》った。

未怜が「寒い」と言ってわたしを見上げた。

おばあちゃんはそんな未怜の肩《かた》を抱《だ》いて、「そうよね、寒いわよね、こんな格好《かっこう》で外に出るなんて。もう帰りましょう、おばあちゃんと車に乗って、ね」と言う。

わたしはとっさに、未怜を自分のほうに引き寄《よ》せた。

そこで車に乗ってしまったら、もう二度とお母さんや真尋《まひろ》ちゃんに会うことができなくなるような気がしたのだ。

おばあちゃんはわたしの背中《せなか》にも手を回し、少し強い力で動かそうとした。だけどわたしは、その場に足を踏《ふ》んばった。

「なにしてるの、乗るなら早く乗って」と声がして、気づくと友里恵《ゆりえ》おばちゃんも車から降《お》りてきていた。

おばあちゃんは、「ああっ、もう」とイラだった声をあげ、未怜《みれい》のわきの下に手を入れると一気に抱《だ》き上げた。

しっかりにぎっていたはずの未怜の手が、わたしの右手からするっと離《はな》れたのは、そのときだ。

おばあちゃんの肩《かた》の上から、小さな顔をこっちに向けて運ばれていく未怜は、なにかを問いかけるような目でわたしを見ていた。

そしてそのまま、車の後ろのシートに乗せられた。

友里恵おばちゃんは、「陽架《はるか》ちゃんもいっしょに行くでしょう?」と、わたしのほうに近づいてくる。

だけどわたしは、「ほら早く」と、自分に向かって伸《の》ばされた友里恵おばちゃんの手を払《はら》いのけ、車とは反対のほうにかけだした。

未怜がつれていかれる前に、お母さんに知らせなくちゃ。そう思ったからだ。

いや、ちがう。それはたぶん、あとから思いついた、自分への言いわけだ。

あのときのわたしは、どんどん近づいてくる友里恵おばちゃんがただこわくて、そこから逃《に》げたかっただけなのだ。

だから、道のむこうから自転車に乗って帰ってくるお母さんが見えたときには、助かった、と思った。

「お母さんっ！」とさけんだわたしの背中《せなか》で、「陽架ちゃん、また来るから、迎《むか》えにくるから」と言う、おばあちゃんの声がした。

それからのことは、あまりよくおぼえていない。

気づくとそこに車はなくて、わたしは自転車から降りたお母さんに強く抱きしめられていた。

お母さんの自転車は横倒《よこだお》しになって、ポリ袋《ぶくろ》に入ったカメさんパンがふたつ、かごから転がり落ちていた。

お母さんは、「どうしよう、どうしよう」と何度もくり返しながら、震《ふる》えていた。

ぜんぶ、わたしのせいだと思う。

あのとき、わたしが未怜を外につれ出さなければ、未怜の手を離さなければ、自分だけ走って逃《に》げなければ、未怜《みれい》は今でもわたしたちのそばにいたはずだ。

とても不思議なことだけど、このことがあってから、わたしはよく知っているはずの友里恵《ゆりえ》おばちゃんの顔を思い出すことができなくなった。

なんとか思い浮《う》かべようとしても、その姿《すがた》は黒っぽい大きな影《かげ》のように、ぼんやりしてしまうのだ。


未怜がつれ去られたあと、お母さんはしばらくいつものお母さんではなくなった。仕事帰りには、必ずわたしを学童保育《がくどうほいく》まで迎《むか》えにくるようになり、買い物中のスーパーでも道を歩いているときでも、わたしのそばにぴたりとくっついた。寝《ね》るときでさえ、わたしの手をにぎって離《はな》さなかった。

わたしのほうも、道で緑色の車を見かけたり、アパートの近くで黒いコートを着た人に会ったりすると、胸《むね》がどきどきして落ち着かなくなった。

そのころのお母さんは、休みの日には真尋《まひろ》ちゃんにわたしを預《あず》けて、おばあちゃんやお父さんの家に行っていたようだ。

とてもつかれた顔をして帰ってきては、「未怜に会えない」と、真尋ちゃんに泣きながら話しているのを何度も聞いた。「弁護士《べんごし》さんに」「パジャマのままで外にいたから」「ふたりだけアパートに残して」「わたしの収入《しゅうにゅう》では」「将来《しょうらい》のことを言われると」「むこうにいたほうが幸せかも」……。

そんな言葉の切れはしが、今でも頭のなかにたくさん残っている。

そのときのわたしには、言葉の意味はほとんどわからなかったけど、今ならわかる。凍《こご》えるほど寒かったあの日、上着の下にパジャマを着ただけの未怜と薄着《うすぎ》のわたしがアパートの外にいたことで、お母さんはだめな母親と思われたのだ。

そして、仕事を始めたばかりのお母さんに、わたしと未怜のふたりを育てることは無理だと言われてしまったのだろう。

だけど、お母さんのいないあいだに未怜をさらっていくなんて、そんなことが許《ゆる》されるとは思えなかった。たとえつれ去ったのがおばあちゃんでも、それは犯罪《はんざい》というものだ。

だからお母さんは、警察《けいさつ》に行ったり保育園の園長先生に相談したりしていたようだけど、未怜を取り返すことはできなかった。

お母さんの味方になってくれる人は、真尋ちゃん以外にいなかったのだ。

そうして未怜《みれい》は、大人どうしの話し合いのあと、そのままお父さんの家で暮《く》らすことになってしまった。

アパートの部屋に残された、卒園式で着るはずだった紺色《こんいろ》のワンピースや水色のランドセルやクジラのぬいぐるみなどは、泣いてばかりのお母さんに代わって、真尋《まひろ》ちゃんが段ボールにつめてむこうに送った。

小さな未怜がひとりいなくなっただけで、家のなかはとても広く感じられ、こわいくらい静かになった。

7　十倉駅《とくらえき》

家を出ると、かわいた風がさっと吹《ふ》いた。ドアを閉《し》めて鍵《かぎ》をかけ、体の向きを変えて深呼吸《しんこきゅう》する。

リズムよく階段《かいだん》を下りると、木なんて一本も植えられていない駐車場《ちゅうしゃじょう》のアスファルトに、なぜか枯葉《かれは》がカラカラと転がっていた。

「よし、行こう」

とつぶやいて、わたしはバス停《てい》に向かって歩きだした。

お母さんは、少し前に仕事に出かけた。土曜日は、休日になったり出勤《しゅっきん》になったりと、いろいろなのだ。

内緒《ないしょ》で未怜を迎《むか》えにいくわたしにとっては、ラッキーだった。

十倉駅に行くには、ここからまずバスで福葉駅《ふくばえき》まで出て、快速電車《かいそくでんしゃ》に一時間ほど乗らなければならない。

未怜《みれい》がむこうの家で暮《く》らし始めたころ、わたしはお母さんといっしょに、何度か電車でその町に行ったことがある。

未怜のスイミングの練習や、ピアノの発表会を見るためだ。といっても、未怜と会って話したりごはんを食べたりすることはできなくて、いつもこっそりとその姿《すがた》をながめるだけだった。

お母さんは、お父さんから「せっかく落ち着いてきたのに混乱《こんらん》させてしまうから、しばらく会わないでほしい」と言われていたらしい。

だけど半年もしないうちに、わたしたちはかくれて見にいくことすらしなくなった。なぜなら、未怜を見た日にはすごくはしゃいで元気になるお母さんが、その数日後にはすっかり落ちこんでしまうからだ。暗い顔をしてごはんを食べなくなったり、気づくとうつむいて泣いていたりもした。

そんなときは、真尋《まひろ》ちゃんがわたしのごはんを作ってくれて、お母さんを病院につれていってもくれた。

「中途半端《ちゅうとはんぱ》に未怜を見てしまうことが、かえってお母さんの心を傷《きず》つけてしまうんだろうね」と、真尋ちゃんはわたしに話した。

そうして未怜を見にいくことはなくなったけど、その代わり、年に三回くらい未怜の写真や通知表のコピーなどが送られてくるようになった。反対に、お母さんはわたしの写真などをお父さんに送っているらしい。


十倉駅《とくらえき》に着いてホームに立つ。

電車から降《お》りた人たちが一本の線になって昇《のぼ》りのエスカレーターに吸《す》いこまれていくから、わたしもその線に入ってエスカレーターに乗った。

少し歩いて改札を出ると、どこからかピアノの音が流れてきた。スピード感と勢《いきお》いのあるその音は、円形のコンコースに近づくにつれて大きくなっていく。

コンコースに入って見回すと、中心から少し外れたところにストリートピアノが置いてあり、黒い帽子《ぼうし》をかぶった若《わか》い男の人がアニメの主題歌を弾《ひ》いていた。

だけど、立ち止まって聴《き》いている人はほとんどいなくて、たいていの人はちらりと横目で見て通り過《す》ぎていくだけだ。

わたしも、立ち止まらずにそのまま建物の外に出た。

祐樹《ゆうき》の言っていた大通りを歩くには、まず駅前の階段《かいだん》を下りなければいけない。そう思って階段のほうに向かったのだけど、急にトイレに行きたくなって、自分がとても緊張《きんちょう》していることに気づいた。

くるりと向きを変えて引き返し、駅の建物からつながっているショッピングビルに入る。アクセサリーや雑貨《ざっか》などの小さな店がならぶ通りを歩いて、トイレに向かった。用を足して手を洗《あら》い、顔を上げて鏡を見たら、なんだかなさけない顔をした自分と目が合った。

こんな顔で、未怜《みれい》に会いたくない。下ろしている髪《かみ》を耳にかけ、唇《くちびる》の両端《りょうはし》をきゅっと結んだ。目に力を入れて、背筋《せすじ》を伸《の》ばす。

「未怜、お姉ちゃんよ。わかる？」

自分だけに聞こえるくらいの声で言ってみた。

それからすぐに笑《わら》い声がして、高校生くらいの四人組が入ってきたから、わたしは逃《に》げるようにそこを出た。

少し急がなくちゃ、と思う。せっかくここまでやってきたのに、タイミングが合わなくて会えないなんてぜったいにいやだ。

もう一度建物の外に出て階段を下り、大通りを歩き始めた。

朝の街は動き始めたばかりのようで、まだシャッターが下りている店も多い。お客さんが入っているのは、ハンバーガーショップかチェーン店系《てんけい》のカフェばかりだ。

パスタ屋さんのドアには準備中《じゅんびちゅう》の札がかけられているけれど、本日のランチのイラストが描《か》かれた小さな黒板は、もう外に出してある。和菓子屋《わがしや》の店員さんは、木枠《きわく》に入ったガラス戸を丁寧《ていねい》にふいていて、花屋さんは店の前に背《せ》の高いバケツをならべていた。

冷たい風が軽く頰《ほお》をたたいた瞬間《しゅんかん》、わたしはふいに、(あっ、この道、おぼえてる)と思った。まだこっちの家に住んでいたころ、お母さんや未怜といっしょに何度も歩いた道だ。

未怜がつれ去られたあのとき、おばあちゃんが抱《だ》き上げたのが未怜ではなくてわたしだったら、今この町で暮《く》らしているのは、わたしだったのかもしれない。

わたしは、お母さんや真尋《まひろ》ちゃんといてずっと幸せだったけど、未怜はどうだったのだろう。お母さんと真尋ちゃんは、未怜ではなくてわたしが残されたことを、本当はどう思っているのだろう。お父さんは、未怜があんなふうにつれてこられるのを知っていたのだろうか。

みんなの気持ちを考えだすと、止まらなくなる。考えてどうなることでもないというのは、わかっているけど。

祐樹《ゆうき》が言ったとおり、お菓子《かし》の専門学校《せんもんがっこう》は外国のお城みたいな建物で、その角を右に曲がると、目の前がぱっと明るくなった。

歩道と車道とのあいだに植えられた街路樹《がいろじゅ》のイチョウが、黄色く染《そ》まってずっと先まで続いているのだ。

旅行会社や銀行の前を進み、大きな川にかかる橋を渡《わた》るとすぐに、深い青色の文字で徳真塾《とくしんじゅく》と書かれた五階建てのビルが目に入った。

祐樹は、照明器具のショールームのとなりだと言っていたけど、塾のほうがよほど目立っている。

未怜《みれい》がどっちの方向から来るかわからないから、わたしは塾のすぐ前の歩道に立って待つことにした。

祐樹が「張《は》りこみしてたら」と言ったときには心のなかで笑《わら》ったけれど、これではたしかに、ドラマに出てくる張りこみみたいだ。

川を渡ってくる風は冷たい。わたしと同じくらいか、わたしより小さな子たちが、ぽつりぽつりとやってきては暖《あたた》かそうな塾のなかに入っていく。

歩いたり自転車に乗ったりしている子もいるけれど、車で来る子も多かった。助手席のドアから降《お》りて、運転席に軽く手をふると、大きなカバンをさげて建物に向かう。

そこは、だれがいてもいいはずの歩道なのだけど、とても居心地《いごこち》が悪かった。こんなところにぽつんと立っていたら、おかしな子だと思われそうだ。

一秒一秒がとても長く感じられて、落ち着かない。

未怜がここまでどうやってくるのか、考えていなかった。自転車やバスならいいけど、もし友里恵《ゆりえ》おばちゃんかお父さんが運転する車だったら、きっと声をかけることなんてできないだろう。

こんなところにいるのがみつかってしまったら、わたしまでおばあちゃんの家につれていかれるかもしれない。

不安は、どんどん大きくなった。みつかる前にもう帰ってしまおうか、そう思ったとき、少し先のバス停《てい》にうす緑色のバスが入ってきて、ゆっくり止まった。

じっと降車口《こうしゃぐち》を見つめていたら、リュックを背負《せお》った子どもたちが七、八人降りてきて、そのなかの最後の子から目が離《はな》せなくなった。

未怜《みれい》のような気がするのだ。

まっすぐでサラサラな髪《かみ》が、肩《かた》をこえてきれいに流れている。ほっそりとした体に、ベージュのシャツワンピースを着ている。

送られてきた写真をいつも見ていたから、未怜のことはすぐにわかると思っていた。なによりわたしの妹だから。でも、あれが未怜だと、はっきり言う自信がない。

わたしは、ゆっくりとその子に向かって歩きだした。はじめは小さかった歩幅《ほはば》が、五歩目くらいから大きくなった。

そうしてすぐそばまで近づいたとき、まっすぐ前を向いて歩いているその子に、思いきって、

「未怜」

と呼《よ》びかけた。

だけどそれは、しぼり出すような、とても小さな声になってしまった。

その子は足を止め、少しおびえた表情《ひょうじょう》でわたしを見た。そしてつぶやくように、

「え?」

と言った。

未怜は、笑《わら》うと左頬《ひだりほお》にえくぼができるはずだけど、その子はにこりともしないから
わからない。

イチョウの葉っぱが、足の下でくしゅっとつぶれた。

食べ物の好ききらいのはげしかった未怜は、同い年の子と比《くら》べるとずいぶん体が小
さかったのだけど、その子はもう祐樹《ゆうき》と同じくらいの身長だ。

「お姉ちゃん」

そう言ったのは、その子ではなくてわたしのほうだった。「お姉ちゃんよ、わか
る?」と言いたかったのに、あせってずいぶん短くなった。

「わたし、お姉ちゃんなんだけど」

そう言い直したときにはもう勢《いきお》いがなくなって、おどおどした口調になった。

だけどその子は、目を少し大きくして、

「うん」

と浅くうなずいた。

やっぱり未怜だ、よかった。と思ったけれど、未怜はわたしが想像《そうぞう》していたように

喜《よろこ》んだりびっくりしたりはしてくれない。

ただ、とても不思議そうに、

「なんで？　なんでここに陽架《はるか》ちゃんがいるの？」

と言った。

未怜《みれい》はずっと、わたしのことを「お姉ちゃん」と呼《よ》んでいた。「陽架ちゃん」は、おばあちゃんや友里恵《ゆりえ》おばちゃんの呼び方だ。

なぜ「お姉ちゃん」と呼んでくれないのだろう。そう思ったけど、その理由を聞くのはなんだかこわい。

だから、そのことにはふれないで、

「友だちが。友だちがここに来たとき、佐縁馬《さえんま》って子を見たって言ったから。きっと未怜だと思って、ここに来たら会えるんじゃないかと思って」

と答えた。

「それで、ここで待ってたの？」

未怜の声はほとんど変わっていない、小さいころのままだった。

わたしは、

「うん」

とうなずいた。

「電話とか、すればよかったのに」

「でも」

それも考えた。今回のことばかりではなく、未怜がつれていかれてからは、何度も電話をしてみようと思った。だけど、お父さんやおばあちゃんが出たらどうしようと思うと、緊張《きんちょう》してしまってできなかった。

言葉が続かないわたしの前で、未怜はハッとしたように、

「あ、時間っ」

と言って、足を前に踏《ふ》み出した。

わたしはとっさに、未怜の左腕《ひだりうで》をつかんだ。

「今日は塾《じゅく》を休んで、わたしといっしょに来てほしい」

未怜は、つかまれた腕からわたしに目を移《うつ》し、

「え、え？」

と言っている。

「真尋《まひろ》ちゃんが病気で入院してるの。もしかすると、重い病気かもしれない。だけど、未怜《みれい》に会うと元気が出る気がする。いや、きっと出る。だからお願い、真尋ちゃんのところにいっしょに行って」

未怜がショックを受けるといけないから、このことはもっとゆっくり話すつもりだった。だけど、そんなことをしている余裕《よゆう》はなさそうだったから一気に言った。

ところが未怜は、ショックを受けるどころか、

「そんなこと言われても、よくわかんないよ」

と言う。

「え、わかんないって、真尋ちゃんのこと？」

「うん」

「忘《わす》れちゃったの？」

「なんとなくは……、おぼえてるけど」

「じゃあ、わたしのことは？　わたしのこともなんとなくおぼえてるだけ？」

未怜の腕《うで》をつかんだわたしの手から、力が抜《ぬ》けた。

それから少しのあいだ、わたしたちはだまってそこに立っていた。

だけど、自転車に乗った男子がわたしたちの横を通り過《す》ぎると、未怜はまたあわてた様子で、

「あ、本当に時間が。とにかく今は行かなきゃ」

と言って、今度は走りだした。

その細い背中《せなか》に、わたしはもう声をかけることができなかった。涙《なみだ》があふれてこぼれそうになったけど、大きく息を吸《す》ってなんとか止めた。

お母さんも真尋ちゃんもわたしも、ずっと未怜のことを思ってきた。たまに夜おそく、お母さんが未怜の写真を見ながら泣いていることも知っている。

わたしは、さっき来た道をゆっくりと歩きだした。

真尋ちゃんに、「未怜をつれてくる」と言わなくてよかった。そんなことを言っていたら、真尋ちゃんをすごくがっかりさせていただろう。

落ちたイチョウの葉が重なり合った道を過ぎ、専門学校《せんもんがっこう》がある角を左に曲がると、準備中《じゅんびちゅう》だった店がオープンし始めていた。

わたしの知らない中学や高校の制服《せいふく》を着た子たちが、楽しそうに歩いている。どこも同じはずのコンビニや郵便局《ゆうびんきょく》でさえ、うちの近所のものとはちがう気がする。

未怜《みれい》は、やっぱりかわいかった。まだ四年生なのに、厚《あつ》い生地で作られた大人っぽいシャツワンピースを着て、黒いリュックを背負《せお》って、ブーツを履《は》いていた。だけどわたしは、去年から着ているデニムのジャケットに、学校にも履いていっているスニーカーだ。お母さんが買ってきてくれたそのスニーカーはまだ新しいけど、紫色《むらさきいろ》に光るラインが子どもっぽい。

鼻をすすって、指先で涙《なみだ》をぬぐった。

未怜といっしょに、この道を歩くのを想像《そうぞう》していた。真尋《まひろ》ちゃんのことを心配する未怜に、「大丈夫《だいじょうぶ》だよ」と言って、安心させてあげるつもりだった。

未怜は小さいときみたいに、「お姉ちゃん、お姉ちゃん」と言って、えくぼを見せてくれると思っていた。

今まで貯《た》めていたお小遣《こづか》いを、思いきってほとんど持ってきた。

四年生の未怜はそんなにお金を持っていないはずだから、未怜の分の電車代を出して、お昼ごはんも食べさせてあげようと思っていたのに。

重い足でゆっくりと階段《かいだん》を上って駅にもどると、もうストリートピアノを弾《ひ》いていた人はいなくなって、そこにはアップライトのピアノが静かにぽつんとあるだけだった。

なんとなくそのピアノに近づいて、鍵盤蓋《けんばんふた》を開けてみた。人差し指で白鍵《はっけん》をポンッポンッと鳴らしたけれど、こんなところで弾くほどわたしはうまくない。

演奏《えんそう》する代わりに、ため息だけを落として蓋を閉《し》め、そこを離《はな》れた。

それからＩＣカードを使って改札を抜《ぬ》け、どのホームから乗るのかと表示《ひょうじ》を見上げたとき、後ろからだれかに肩《かた》をたたかれた。

「え？」

とふり返ると、そこに立っていたのは、さっきわたしに背中《せなか》を向けて遠ざかっていった未怜だった。

未怜は、なぜか怒《おこ》ったような顔をして、

「なんで陽架《はるか》ちゃん、言いたいことだけ言っていなくなっちゃうの？」

と、肩で息をしている。さっきは整っていたつやのある髪《かみ》も、少し乱《みだ》れている。

「未怜、追いかけてきたの？」

と聞くと、だまって大きくうなずいた。

「だって未怜、時間だからって」

「うん」

「だから、塾《じゅく》に行ってしまったのかと思って」

「行ったよ。とにかく行かなきゃ」

と言いながら、未怜《みれい》はワンピースのポケットからビニールのケースに入ったカードを取り出した。カードの真ん中には塾の名前が、右上にはマークが書かれている。

「これ、時間までに塾の入り口にある機械にかざさなくちゃいけないんだもん。そしたら、ちゃんと塾に着いたって連絡《れんらく》がおばあちゃんのスマホに行くようになってるから。もし連絡が入らなかったら、おばあちゃんすごく心配すると思うし、わたしのことさがし始めるかもしれないし」

わたしがぽかんとした顔で聞いていたら、未怜は、

「陽架《はるか》ちゃん、知らないの？」

と言った。

わたしは、宿題以外の勉強はネットでダウンロードした問題をやっているだけだし、おけいこごとといえば、たまに真尋《まひろ》ちゃんに絵の描《か》き方を教わっているくらいだ。塾にそんな機械があるなんて、知りようがない。

もし未怜がわたしについてきてくれたら、塾にはわたしが大人のふりをして電話をしようと思っていた。「佐縁馬《さえんま》ですが、未怜は風邪《かぜ》ぎみなので休ませます」と言って。

わたしがそう話したら、未怜は、

「そんな電話をする人なんていないよ」

と、あきれたように首をふった。

そして、

「さっき、塾に入ってカードをかざして、受付の人がこっちを見ていないときにこっそり出てきた。ときどき、中学生がそうしてるのを見るから。それなのに、もう陽架ちゃんはいなくなってて」

と言う。

「でも、そんなことして、教室にいなかったらばれるでしょ？」

と聞くと、未怜は、

「たぶん、大丈夫《だいじょうぶ》だと思う」

と言いながらも、少し不安そうな顔をした。

「ばれたら怒《おこ》られるよね。いいの？」

「は？　なんでそんなこと言うの？　陽架《はるか》ちゃんが休めって言ったくせに、ひどい」

「うん……、そうなんだけど」

「もうここまで来ちゃったんだもん、今からはもどれないよ」

未怜《みれい》の言葉に、わたしも、

「わかった、行こう」

と、覚悟《かくご》を決めた。

ただ未怜は、

「でも、塾《じゅく》が終わる時間にはぜったいにこっちにもどるよ。それからわたし、お金あんまり持ってなくて、ホームまでの入場券《にゅうじょうけん》しか買えなかった。バスに乗るからキッズカードはあるけど、残高がすごく減《へ》ってたら、おばあちゃんにどうしたのって聞かれるだろうし」

と言う。

「いいよ。むこうに着いてから、足りない分はちゃんと払《はら》ってあげるから大丈夫《だいじょうぶ》」

「ほんと？」

「ほんとに大丈夫だから、急ごう」

「うん」

未怜はやっぱり笑《わら》わないけど、ついさっきまでの、わたしのさびしい気持ちはうそのように消えていた。

わたしはまた、行先とホームの番号が書かれた表示《ひょうじ》を見上げながら歩きだす。

「あ、あっちだ」

と指さして、つい早歩きになったとき、未怜がわたしのジャケットのわきを強く引っぱった。

とっさに足を止めると、すぐ目の前に小柄《こがら》なおじいさんの背中《せなか》があったから、ひやりとした。

おじいさんは、少し背中を丸めて下を見ながら、ゆっくりと歩いている。未怜が引っぱってくれなかったら、きっとぶつかっていただろう。

未怜はとがめるようにわたしを見て、

「いろんな人が歩いてるんだから、気をつけなくちゃ」

と言った。

8　キッチンカー

電車のなかで、わたしたちはほとんど話をしなかった。

未怜《みれい》は、空《あ》いている席に座《すわ》るとすぐにリュックから取り出した塾《じゅく》の問題集を解《と》き始めたし、わたしはそんな未怜に声をかけることができなくて、しかたなく窓《まど》の外をながめていた。

それでもときどき未怜のほうを見たけれど、未怜はちっともわたしに顔を向けようとはしなかった。

わたしの心のなかにずっといた未怜と、すぐそばにいる未怜は、まるでちがう子のような気がする。

福葉駅《ふくばえき》に着いて電車から降《お》りると、改札に向かう人たちの流れから外れて、わたしは未怜の切符《きっぷ》の不足分を払《はら》うために精算機《せいさんき》に向かった。

一台しかない精算機の前には、すでにおばさんと若《わか》い男の人がならんでいたから、わたしはその後ろに立った。

突然《とつぜん》大きな音が耳に飛びこんできたのは、そのときだ。

聞いたことのある明るいメロディーは、「えーっさえーっさ」で始まる歌詞《かし》がつくはずの、『お猿《さる》のかごや』という曲だった。サビの部分だけを何度もくり返しているのは、スマホの着信音だからだろう。

福葉駅は、ホームも改札も地下にあるから、ふざけたような音がいっそう響《ひび》く。

思わずふり向くと、少し離《はな》れたところにいる白髪《しらが》のおばあさんが、あわてた様子で布製《ぬのせい》のバッグからスマホを取り出しているところだった。

横を通り過《す》ぎる人たちは、少し迷惑《めいわく》そうな顔をして、おばあさんをちらちら見ている。

お年寄《としよ》りだから、気づきやすいように着信音を最大にしているのかもしれない。電車のなかで鳴ったらきっとうるさかっただろうな、と思いながら、わたしは精算機のほうに目をもどした。

順番が来て、画面を見ながら不足分を払ったときには、着信音はもう止まっていた。

ところが精算機《せいさんき》の前から離《はな》れて、「未怜《みれい》」と言いながら横を見ると、さっきまでわたしにくっついていた未怜がいない。

どきっとして、「え、未怜っ」と大きな声で言って見回すと、未怜はなぜかさっきのおばあさんのそばに立ち、真剣《しんけん》な顔でおばあさんのものらしいスマホを操作《そうさ》していた。

それから未怜がそのスマホをおばあさんに差し出すと、おばあさんは少し不安そうに受け取って耳に当て、たちまち笑顔《えがお》になった。

未怜は、おばあさんに向かって小さく手をふり、小走りでわたしの前にもどってくる。

「どうしたの？」

と聞いたけど、軽く首をふって、

「べつに」

と言うだけだ。

改札を抜《ぬ》けると、未怜はわたしより先に右に向かって歩き始めたから、

「ちがうよ、こっちから」

と、左手にある階段《かいだん》を指さした。

その階段から地上に出ると、ちょうどバスのロータリーがあるのだ。

そこには、うす緑色のバスが四台とまっていて、わたしたちが近づくとすぐ一台が発車した。そして、道路からは別の一台が入ってきた。

わたしは、大学病院前と書かれた八番乗り場まで行き、先に待っていた人たちの後ろにならんだ。

「ここから乗るの？」

と聞く未怜に、

「うん。十五分くらいで着くよ」

と答える。

しばらくだまって立っていたけど、未怜のために硬貨《こうか》を出しておこうと、バッグのなかから財布《さいふ》を取り出そうとしたとき、

「お嬢《じょう》ちゃん」

と声がした。

顔を上げると、そこにはさっきのおばあさんがいて、未怜に向かって、

「電話、やっぱり孫からだったの。車で迎《むか》えにいくから、バスに乗らずに待っといてって言ってくれて。お嬢《じょう》ちゃんがいなかったら、せっかく来てくれる孫と行きちがいになるところだった。本当に助かったわ、ありがとう」

と言った。

未怜《みれい》は、

「あ、いえ、べつに」

と、はにかんだように笑《わら》っている。

おばあさんはそれから、

「これ、よかったらふたりで飲んで」

と、持っていたレジ袋《ぶくろ》を未怜に差し出した。中には、ペットボトルが二本入っているようだ。

わたしはとっさに、

「いえ、そんな、もらえません」

と断《ことわ》ったけど、おばあさんはこまったように眉《まゆ》のはしを下げ、

「ごめんなさいね、そこのコンビニで急いで買ったから、こんなものになっちゃって。

でも、気持ちだから受け取ってほしいの」

とわたしの目を見た。

するとと未怜は、それまでより少し大きな声で、

「じゃあ、いただきます。ありがとうございます」

と、そのレジ袋を両手で受け取った。それから、右手を袋《ふくろ》のなかに少し入れると、

「わあ、あったかい」

と言って笑った。

左の頰《ほお》に、やっと見覚えのあるえくぼができた。

おばあさんは、それを見てとてもうれしそうにうなずいた。

「ばあちゃんっ！」

ふいに大声がしてふり向くと、送迎車用《そうげいしゃよう》の駐車場《ちゅうしゃじょう》のほうから、あわい金髪《きんぱつ》の男の人が手をふっていた。

「あ、来たわ、あの子が孫なの。髪《かみ》の毛、おもしろいでしょう？　でも、とってもやさしいのよ」

おばあさんはわたしたちにそう言って、レジ袋を持つ未怜の手にしわしわの小さな

手を一瞬《いっしゅん》だけ重ねてから、男の人のほうへと歩きだした。

おばあさんが行ったあと、レジ袋《ぶくろ》からペットボトルを取り出すと、それはミルクティーだった。

温かくておいしそうだけど、今からバスに乗るからすぐには飲めない。レジ袋に入れたままでさげていたら、きっと冷めてしまうだろう。

早く飲んだほうがおいしいのに、と思ったとき、

「あそこのベンチ」

と、未怜《みれい》がつぶやいた。

未怜は、バスのロータリーから幅《はば》の広い階段《かいだん》を五段くらい上がったところにある、タイルが敷《し》きつめられた広場を指さしている。

そこには、丸いガーデンテーブルのセットや背《せ》もたれのない三人がけのベンチがいくつも置かれている。そのむこうには大きなビルがあって、冷たい風をさえぎってくれているようだ。

「あそこで飲んでいこうか」

と言うと、未怜は、

「うん」

とうなずいた。

バスを待つ列を抜《ぬ》けて歩きだすと、急におなかが空《す》いていることに気づいた。

「ねえ未怜」

「ん？」

「おなか空いたね」

「うん、空いた」

「お昼ごはん、食べようか」

「でも、お金そんなに持ってないし」

「未怜は心配しなくても大丈夫《だいじょうぶ》、わたしがちゃんと持ってきた」

そう言うと、未怜は、

「いいの？」

とわたしの顔を見た。

「うん、だから食べよう」

その広場には、よく黄色と赤のキッチンカーがとまっている。

今日もきっといるはずだ、と思いながら階段《かいだん》を上りきると、やっぱり二台の車がななめにならんでとまっていた。

黄色い車はホットサンドで、赤いほうはたこ焼きだ。

「こういうところで食べたことある？」

と聞くと、未怜《みれい》は大きく首をふった。

「わたしも。でも、ずっと食べてみたかったんだ。これでいい？」

「うん」

「どっちにする？」

「黄色のほう、ホットサンド」

未怜は迷《まよ》わずそう言った。

わたしはキャロットラペとチキンの、未怜はオムレツとチーズのホットサンドに決めた。小さなころの未怜はチーズが大きらいだったのに、今は食べられるようになったのだろうか。

お金を払《はら》って、ホットサンドを渡《わた》してもらうとき、

「はい、どうもありがとう」

とお店のお兄さんに言われたから、わたしも、

「ありがとうございます」

と、軽く頭を下げた。

広場には、小さい男の子をつれた女の人やスーツを着たおじさんたちもいて、それぞれガーデンテーブルに座《すわ》って、キッチンカーの料理を食べている。

わたしと未怜は、少し離《はな》れたところにあるテーブルに向かい合って座った。

うす茶色の紙に包まれたホットサンドからは、とてもおいしそうな匂《にお》いがしている。

ミルクティーのペットボトルもテーブルに置き、

「いただきます」

と言って食べようとしたとき、未怜が、

「さっき、どうしてありがとうって言ったの？」

と聞いた。

「え、なんのこと？」

「キッチンカーの人に言ったでしょ？　ホットサンドを受け取りながら、ありがとうございますって」

未怜《みれい》はそう言ったあと、ホットサンドの包み紙を少し外して、小さな口でかぶりついた。

わたしは、そういえばたしかにお礼を言ったな、と思い出し、

「うん、言った」

とうなずいた。

だけど未怜は、

「それって、おかしくない？」

と首をかしげる。

「どうして？」

「お客さんのほうがお礼を言うなんて」

「え、お客さんとかお店の人とか、そういうことじゃない気がするけど」

「そういうことじゃないって？」

「だって、ホットサンドを作ってもらったんだから、そのことにはありがとうって言うでしょ？　なにかを買ったときはレジの人に言うし、バスの運転手さんにも言うよ」

お母さんも真尋《まひろ》ちゃんも、いつもそうしているから、自然とわたしも言うようになった。むしろ、なにも言わないほうが気持ち悪い。

だけど未怜は、

「ふぅん」

と、あまり納得《なっとく》できない様子だ。

わたしもミルクティーを少し飲んでから、ホットサンドを口にした。

「わっ、これおいしいね」

顔を上げて言うと、未怜は表情《ひょうじょう》を変えないまま、

「うん」

とうなずいた。

「ミルクティーも、あまくておいしい」

「そうだね」

「未怜こそ、さっきはおばあさんになにしてあげたの？」

と聞いたけど、

「たいしたことしてないよ」

と言ってすまそうとする。

「でも、おばあさんすごく喜《よろこ》んでたよ」

「うん」

「スマホの音を止めてあげたの？　お猿《さる》のかごや、うるさかったもんね」

そう言って、わたしが顔をしかめると、未怜《みれい》はなぜか表情《ひょうじょう》をかたくした。

そして、

「うるさいのはしかたないよ」

と、少し怒《おこ》ったように言った。

「あ、うん……」

「着信音が聞こえても、なかなか出られない人だっているんだよ。指の力が弱いのかどうかわかんないけど、うまくスワイプすることができなくて。あせると、どこを押《お》したらいいのかもわからなくなって、あわててるうちに切れちゃうんだよ」

「さっきのおばあさんも、そうだったの？」

「うん。着信音が長かったから、たぶんそうだろうと思って、大丈夫《だいじょうぶ》ですかって声をかけたの。そしたら、孫からかかってきたのはわかってるんだけど、出ることができなかったって。おばあさん泣きそうな顔してたから、着信履歴《ちゃくしんりれき》を見てかけ直してあげた。それだけ」

「そんなこと、よくわかったね」

と言うと、未怜は少し間を置いて、

「おばあちゃんも、ときどきそうなるから」

と言った。

未怜の口から、「おばあちゃん」という言葉が出るのが、不思議な気がした。わたしには、もう遠い存在《そんざい》になってしまったおばあちゃんだけど、未怜にとっては今でも家族なのだ。

だけど未怜は、わたしのそんな気持ちにはまったく気づかないようで、

「たぶんかけてるほうも、あんまり鳴らし続けたらまわりの迷惑《めいわく》になると思って、切っちゃうんだと思う。だからわたし、よくおばあちゃんのスマホの着信履歴を確《たし》かめて、大丈夫そうな相手だったらかけ直してあげてる。おかげで、わたしはキッズケータイしか持たされてないのに、スマホのことにくわしくなっちゃった」

と続ける。

「そっか」

「うん。お礼になにかをくれようとするのも、おばあちゃんと同じ。お手伝いしたり買い物につき合ったりしたら、いつもお小遣《こづか》いをくれようとするんだ。そんなのいらないよって言うと、すごくさびしそうな顔をする。だからさっきも、ちゃんと受け取ろうって思ったの」

わたしは、目の前のミルクティーを見た。

わたしはいつも、なにかをくれようとする人には、「いいですいいです」と、両手をふりながら全力で断《ことわ》ってしまう。

だけど未怜《みれい》が言うように、素直《すなお》に受け取ったほうがいいときがあるのかもしれない。

さっきのおばあさんも、未怜が「わあ、あったかい」と言ったら、目を細めていた。

「未怜」

「うん?」

「未怜は今、どっちの家で暮《く》らしてるの? おばあちゃんち? それとも新しいほうの家?」

「どっちも」

「どっち？」

「うん。放課後はおばあちゃんちに行く。そこで宿題して待ってたら、お父さんが仕事からもどってくるから。そしたらふたりで新しい家に帰るよ」

「友里恵《ゆりえ》おばちゃんはどうしてる？」

「もういないよ」

「えっ」

おどろいて、大きな声をだしてしまった。

「留学《りゅうがく》してる、わたしが二年生のときから。オー、えっと、オー……」

「ストラリア？」

「ちょっとちがう」

「オーストリア？」

「そこっ」

知らなかった。

わたしは、わたしたちが出ていったあとも、おばあちゃんや友里恵おばちゃんは変わらずに生活しているのだろうと勝手に考えていた。

「未怜《みれい》、さびしくない？」

と聞くと、未怜は首をふって、

「ケビンがいるから」

と言った。

それははじめて聞く名前だ。

「ケビンってだれ？」

「犬」

「犬がいるの？」

「いるよ。わたしがむこうにもどってすぐ、お父さんが会社の人から子犬をもらってきてくれたんだ。トイプーとなにかのミックス」

「うそ、お父さんが？」

「うん」

「かわいい？」

「かわいいよ、すっごく。小さくて毛がもじゃもじゃで。わたしが帰ったら、短い尻尾《しっぽ》をプロペラみたいにふるの。ブルブルブルブルって」

そう言って、未怜は人差し指を立てて回した。

「ふだんは家のまわりだけだけど、休みの日には公園まで散歩に行くんだ。お父さん、小さいころから犬を飼《か》いたくてしかたなかったんだって。でも、おばあちゃんがいやがるからずっと我慢《がまん》してて、自分は犬を飼わないまま死んでいくんだろうなあって思ってたんだって」

「へえー」

あのお父さんが、と意外な気がした。

だけどよく考えたら、わたしはお父さんのことをあまり知らない。未怜はきっと、わたしの何倍も何十倍も、お父さんのことをわかっているのだろう。

「でも、おばあちゃんはあんまり犬が好きじゃないから、ケビンが近づくと『ひっ』とか『ひゃあ』とか言ってあとずさりしてる。それにケビンのこと、『あのもじゃもじゃ』なんて言うんだよ。ひどいよね。友里恵《ゆりえ》おばちゃんがいなくなって、いちばんさびしがってるのは、おばあちゃんなのに」

塾《じゅく》の前で会ったときや電車のなかとはちがって、未怜はずいぶん話すようになっていた。

だからといって、小さかったときの未怜《みれい》にもどったような感じはしない。そこにいる未怜は、やっぱりわたしの知らない今の未怜だ。

9　点数

ホットサンドの包みとペットボトルをごみ箱に捨《す》てて、

「おなかいっぱい」

と言うと、未怜も、

「うん。ホットサンド大きかったもんね」

とうなずいた。

階段《かいだん》を下り、バスのロータリーへと向かう。

八番乗り場には、さっきとはちがう十人以上の人がならんでいるから、バスはもうすぐ来るだろう。

歩きながら、

「おいしかったね」

と言うと、未怜《みれい》はさらりと、

「うん、九十点くらいかな」

と口にした。

それを聞いて、わたしは思わず立ち止まった。

未怜のその言葉は、胸《むね》のなかにぽとんと落ちて、暗い色の絵の具みたいにもやもやと広がっていく。それとともに、ふだんは忘《わす》れていることが次から次へと思い出されて、悲しいのか腹《はら》が立つのかわからないような気持ちになった。

未怜といることがせっかく楽しくなってきたのだから、「そうだね」ですませてしまうことも、そのままなにも言わずにいることもできた。

だけどわたしは、胸いっぱいに広がったいやな気持ちをはき出すように、

「そういうこと言うの、やめたほうがいいよ」

と言ってしまった。

未怜は半分きょとんとして、あとの半分はむっとした感じで、

「そういうことって？」

と聞く。

「だれかが作ってくれた料理に、点数をつけること」

「どうして？　だって九十点だよ」

「点がいいとか悪いとか、そういう問題じゃなくて。点数なんてつけたら、せっかく作ってくれた人に失礼でしょ？　その人、きっといやな気持ちになるよ」

「そうかな？」

「なるよ」

「ならないよ」

「なる」

「なんでそんなことがわかるの？」

「だってそれ、お父さんがやってたことといっしょだもん。お父さん、よくお母さんの料理に点数つけてた。お母さん、きっとすごくいやだったと思う。今でも料理を作って出すとき、なんだか不安そうでおどおどしてるし」

「……」

「ふつうは点数なんてつけないよ、おいしいって言うだけで。だからわたし、いつもちゃんと、おいしいって言うようにしてる」

「……」

「おいしいって言うと、作った人も食べる人も気分がいいよ。だから未怜《みれい》も、そうしたほうがいい」

「わかんない」

「え？」

「わかんないよ、そんなこと。わかるわけないじゃん」

未怜の声は、だんだん大きくなっていく。わたしは未怜を怒《おこ》らせてしまったことに気づいて、しゃべるのをやめた。

そして、

「もういいから行こう、バスが来るよ」

と、話を終えようとした。

だけど未怜は、

「ふつうなんてわかんない。だってうち、お母さんいないもん」

と、駅のほうへと歩きだした。

その言葉は、わたしの胸《むね》にずしんと響《ひび》いた。

どうしてあんなことを言ってしまったのだろう。お父さんがしていたことを、未怜に言ってもしかたないのに。

「未怜、待って。真尋《まひろ》ちゃんのところに行くんでしょ？　せっかくここまで来たのに。ねえ、真尋ちゃん病気なんだよ。会ってくれてもいいじゃない」

と声をかけるけど、未怜はわたしを無視《むし》してずんずん歩き続ける。

そのとき急に、もういいや、という気持ちになった。

朝からずっと、未怜の機嫌《きげん》ばかりうかがっていることが、ばかばかしくなってきたのだ。

「未怜」

もう一度声をかけると、未怜は立ち止まったけど、ふり向きはしなかった。

「いいよ、もう真尋ちゃんには会わなくていい。ここまでつれてきてごめん」

それを聞いた未怜は、またゆっくりと歩きだした。駅への階段《かいだん》を下りていく、リュックを背負《せお》った背中《せなか》が、とても小さく見える。

わたしは未怜から目を離《はな》し、病院へはひとりで行こうと、八番乗り場の列に向かった。

心臓《しんぞう》が、とくとくと鳴っている。

列にならんだわたしの前には、小さな兄妹とそのお母さんがいた。二歳《さい》くらいの女の子がお母さんに抱《だ》っこされ、幼稚園児《ようちえんじ》くらいの男の子がその横に立っている。男の子が女の子の足を軽くつつくと、女の子はキャッキャと笑《わら》って、ふたりとも楽しそうだ。

どうして、こんなふうになってしまったのだろう。

会いたくてたまらなかった未怜《みれい》に、やっと会えたというのに。未怜は、息を切らして十倉駅《とくらえき》まで追いかけてきてくれたのに。ついさっきまで、笑いながら話せていたのに。

駅でおじいさんにぶつかりそうになったとき、未怜はわたしのジャケットを引っぱって止めてくれた。うるさい着信音に、みんなが知らん顔をして通り過《す》ぎていたとき、未怜だけはおばあさんに声をかけて助けてあげた。

朝からのいろんな未怜を思い出すと、胸《むね》がぎゅっと締《し》めつけられるような感じがした。おばあちゃんと暮《く》らしている未怜は、わたしが気づけないことに気づけるのだ。

それなのに、わたしは自分だけが正しいみたいに、えらそうに、ひどいことを言ってしまった。

未怜を傷《きず》つけるつもりなんてなかった。だけどここまでつれてきて、放り出すようなことをしてしまった。

まだ四年生の未怜が、ひとりで電車に乗って大丈夫《だいじょうぶ》だろうか。だれか悪い人につれていかれたらどうしよう。

そう考えると、友里恵《ゆりえ》おばちゃんの車に乗せられたときの未怜の顔が思い浮《う》かんで、胸がざわざわしてきた。

今、またあんなことになってしまったら、わたしは二度も未怜を見捨《みす》てたことになる。

バスがロータリーに入ってきた。列にならんだ人たちが、じりっと少しだけ動く。

わたしは、そこから抜《ぬ》けてかけだした。

せめて十倉駅までは、いや塾《じゅく》の前まで送っていこう。

未怜がずっとだまったままでも、怒《おこ》ったままでもかまわない。そうしなければ、もう一生、未怜には会えない気がする。

急いで階段《かいだん》を下り、走って改札の近くまで行って見回すと、未怜は券売機《けんばいき》の前にぽつんと立ってうつむいていた。

「未怜《みれい》」

と言いながら近づいたけど、背中《せなか》を向けたままだ。

だけどしばらくすると、

「お金、払《はら》って。陽架《はるか》ちゃんがつれてきたんだから、帰りの切符《きっぷ》も買って」

と言う、小さな声が聞こえた。

わたしは、未怜がずっと「お金そんなに持ってない」と言っていたことを思い出して、ハッとした。

切符を買うことも、わたしのところにもどることもできなくて、どんな気持ちでここに立っていたのだろう。

「ごめん、未怜」

「……」

「本当にごめん」

「ずっと……」

「え?」

「ずっと陽架ちゃんは、わたしのことなんてどうでもいいんだと思ってた。わたしだけお父さんのところにもどされたとき、おばあちゃんは、そのうち陽架ちゃんも帰ってくるから、いい子にして待っていようねって言った。それなのに、いつまでたっても陽架ちゃんは現《あらわ》れなくて。お母さんだって、きっと帰ってきてくれると思ってたのに、やっぱりずっといないままで。そのうち、ふたりだけちがう苗字《みょうじ》になってて……。だから、お母さんには陽架ちゃんがいればいいんだと思った」

そう言ってから、ようやく未怜はこっちを向いた。

改札に向かうおばさんが、わたしたちをちらりと見ていく。

「陽架ちゃんは、お母さんといっしょにいるから、おいしいって言ったほうがいいとか、点数をつけるのがいけないことだってわかるけど、わたしはわかんない。お父さんだって、きっとわかんなかったんだよ。お母さん、ちゃんとお父さんに話せばよかったんだ。なにも言わないでいなくなったんだから、お父さんだってかわいそうだよ。お父さん、さびしそうにしてるよ、いつも」

顔をゆがめた未怜は、涙《なみだ》をこらえているようだった。

「ごめん。未怜ごめん、ごめんなさい」

何度も言うと、未怜《みれい》は小さくうなずいた。そして、

「わたしも、ごめん」

と言った。

「真尋《まひろ》ちゃんに、会ってくれる？」

「……うん」

わたしは、右手で涙《なみだ》をぬぐっている未怜の左手をにぎり、歩きだした。

10　銀のうろこ

病院前のバス停《てい》に着くと、四、五人の乗客がゆっくりと降《お》りていった。未怜は、わたしの後ろで硬貨《こうか》を運賃箱《うんちんばこ》に入れながら、

「ありが……」

と言っている。

小さな声だったから最後まで聞き取れなかったけど、運転手さんは、

「はい、ありがとう」

と未怜に笑《わら》いかけてくれた。

少し弾《はず》んだ感じでステップを降りた未怜は、大きな建物を見上げて、

「わ、すごい病院」

とつぶやく。

わたしは「こっち」と歩きながら、このあいだのお母さんみたいに中に入り、ロビーをすたすたと横切った。

エレベーターが七階に着き、わたしが先に降《お》りる。

お昼ごはんが終わったばかりのようで、廊下《ろうか》には大きなワゴンが置かれ、同じ色と形のプラスチックの食器が重ねられていた。

わたしは、お母さんがするようにナースステーションのなかをのぞき、看護師《かんごし》さんたちに「こんにちは」と言って頭を下げた。

真尋《まひろ》ちゃんの病室の前で深呼吸《しんこきゅう》をして、未怜《みれい》に「ちょっと待ってて」と言ってから、まずわたしだけ部屋に入った。

いきなり未怜をつれていって、おどろかせてはいけないと思ったからだ。

ベッドのまわりのカーテンは、前に来たときのように閉《し》まっている。

「真尋ちゃん」

と小さく声をかけ、数センチだけカーテンを開けてみた。

体を起こして文庫本を読んでいた真尋ちゃんは、わたしを見ると、ふっと顔をほころばせた。細くて白い縁取《ふちど》りと小さなリボンがついた、紺色《こんいろ》のパジャマを着ている。

「あれ、パジャマにしたの？」

「うん。お姉ちゃんに持ってきてもらった。病院服って、あんまり肌《はだ》ざわりがよくなくて」

真尋ちゃんはそう言って、文庫本を開いたままベッドサイドのテーブルにふせた。

窓《まど》から入る陽が、ふわふわした栗色《くりいろ》の髪《かみ》に当たっているからか、それともかわいいパジャマを着ているからか、真尋ちゃんは先週よりずっと元気に見える。

仕事が早く終わった日には、ここに会いにきているお母さんが、「真尋、薬がよく効《き》いて落ち着いてるよ」と言っていた。

「あ、そうか。今日は土曜日だったね。陽架《はるか》ひとりで来たの？」

と聞く真尋ちゃんに、わたしは首をふって「ふふっ」と笑《わら》い、

「もうひとりいるよ」

と答えると、「ん？」と首をかしげる真尋ちゃんに背中《せなか》を向けて病室を出た。

廊下の壁際《かべぎわ》に立っていた未怜は、「もう入っていいの？」という感じでわたしを見たから、わたしはうなずいて、

「行こう」

と言った。

ところが、ふたりで病室に入るときになって、わたしは急に不安になった。真尋《まひろ》ちゃんの体調はよさそうだから、いきなり未怜《みれい》を見てもきっと大丈夫《だいじょうぶ》だろう。だけど、大きくなった未怜のことが、真尋ちゃんにわかるだろうか。

お父さんから送られてくる写真を、お母さんがどのくらい真尋ちゃんに見せているのか、わたしは知らない。

未怜が真尋ちゃんのことをわからないのはしかたなくても、真尋ちゃんが未怜に「だれですか？」なんて聞いてしまったら、未怜はとても傷《きず》つくはずだ。

やっぱりさっき、ちゃんと「未怜と来たよ」と言っておけばよかった。そう思いながら、カーテンのすき間から未怜といっしょに入っていった。

すると、わたしが「未怜だよ」と言う間もなく、真尋ちゃんのほうが、

「え、未怜？」

とつぶやいた。

ぽかんと口を開け、目を見開いている。

未怜は、にこりともせずに、

「はい」

と答える。

真尋ちゃんはまた、

「うそ、未怜」

と言って、両手で口を覆《おお》った。

わたしが、未怜の背中《せなか》をそっと押《お》して真尋ちゃんのすぐ横に立たせると、真尋ちゃんは両手を伸《の》ばして未怜の体をそっと抱《だ》きしめた。

真尋ちゃんの細い腕《うで》のなかで、未怜は口をきゅっと結んで、ちょっと緊張《きんちょう》したような表情《ひょうじょう》をしている。その体は小枝《こえだ》のように一直線になって、真尋ちゃんのほうに傾《かたむ》いていた。

「未怜、未怜未怜未怜……」

真尋ちゃんは、体を左右に小さく動かしながら何度も名前を呼《よ》んで、

「ああ、本当に未怜だ」

と言った。

「はい」

「ここまでどうやって来たの？」

「電車です。陽架《はるか》ちゃんが迎《むか》えにきたから」

真尋《まひろ》ちゃんは、少しおどろいたような目をわたしのほうに向けて、未怜《みれい》の体をゆっくり放した。

「お父さんは知ってるの？　ここに来てること」

未怜はだまって首をふった。代わりにわたしが、

「今、塾《じゅく》に行ってることになってる」

と言うと、真尋ちゃんは、

「そう……なの？」

と、やっぱり心配そうだ。

　でも未怜が、

「大丈夫《だいじょうぶ》です、本当に」

と言うのを聞くと、やっと、

「うん、とにかくうれしい」

と笑顔《えがお》になった。

どこのベッドかわからないけど、同じ部屋のなかから、お年寄《としよ》りらしい大きな咳払《せきばら》いが聞こえた。少し、うるさかったのかもしれない。

真尋ちゃんは声を小さくして、

「お昼ごはんは？」

と聞いたから、わたしも小声で、

「食べてきた。駅前のキッチンカーで、ホットサンド」

と答えた。

「未怜も？」

すると、真尋ちゃんはわたしではなく未怜のほうを向いた。

「はい」

「未怜、うん、でいいよ。です、とかも言わなくていいから」

「はい……うん」

「おいしかった？　ホットサンド」

「おいしかった」

未怜の左頰《ひだりほお》に、また小さなえくぼができた。

真尋《まひろ》ちゃんが、

「いいなあ、あれ、わたしも食べたいと思ってたんだ」

と言って未怜《みれい》に笑《わら》いかけたけど、未怜は恥《は》ずかしそうに目をそらした。

さっきから、少し居心地《いごこち》が悪そうだ。

すると真尋ちゃんは、ふと思いついたように、

「ね、天気がいいから屋上庭園に行こうか」

と言いだした。

「屋上庭園？」

「そう。ちょっと廊下《ろうか》で待っててくれる？」

真尋ちゃんは、そう言って廊下を指さした。

病室を出てほんの一分ほどで、厚《あつ》いカーディガンを羽織《はお》って、靴下《くつした》と靴を履《は》いた真尋ちゃんが現《あらわ》れた。肩《かた》からななめがけにした、小さなポシェットがかわいい。

「じゃあ、行こうか」

真尋ちゃんの声にうなずいて、三人で歩きだす。

ナースステーションの前で、真尋ちゃんが看護師《かんごし》さんに、

「上に行ってきます」

と言うと、真尋ちゃんよりずいぶん年上に見える看護師さんは、わたしのほうを向いて、

「朝井《あさい》さんったら、ちょっと元気になるとすぐにうろうろするのよ。下のカフェとか屋上とか。筋力《きんりょく》が落ちないためにはいいことなんだけど。でも、無理しないように見ててあげてね」

と言った。

わたしが、

「はい」

と応《こた》えると、未怜も同じように、

「はい」

とうなずいたから、わたしと真尋ちゃんは目を合わせてちょっと笑った。

「屋上庭園なんてあるんだね」

わたしが言うと、真尋ちゃんはエレベーターのボタンを押《お》しながら、

「そうなの、すごく気持ちいいの。入院していちばんびっくりしたのはそれかなあ。

いや、未怜《みれい》が来てくれたことが、いちばんのびっくりか」

と未怜を見た。

エレベーターで最上階まで行くと、うちのキッチンくらいのスペースがあって、そこからガラスの自動ドアを通って出られるようになっていた。

屋上庭園は、おどろくほどふつうの庭だった。

ウッドデッキの通路のまわりに花壇《かだん》があって、小さな紫《むらさき》や、丸くて赤い花が咲《さ》いている。

「花って、寒くても咲くんだね」

と言うと、真尋《まひろ》ちゃんは、

「そうよ、ちゃんと咲くのよ。これはセージっていうハーブ。そしてこっちは千日紅《せんにちこう》」

などと、歩きながら教えてくれる。

葉っぱの細長い、赤く染《そ》まった木を見た未怜が、

「これ、きれい」

とつぶやいた。

「これはドドナエア。別名をプルプレアっていうの。ねえ、なんかかわいいと思わない？」

真尋ちゃんの言葉に、わたしと未怜は、

「プルプレア」

「プルプレア」

と言い合って、くすくす笑《わら》った。

風は少し冷たいけれど、陽が当たっているからあまり寒くは感じない。

わたしたちのほかにそこにいるのは、車いすに乗った若《わか》い男の人と、おじいさんの手を引くおばあさんだけだった。

病院にいると、病気の人ってたくさんいるんだな、と思うより先に、自分が元気なことが奇跡《きせき》のように思えてくる。

ゆっくり歩いて手すりの近くに来ると、町が遠くまで見渡《みわた》せた。

さっきまでいた駅も、そこから続く広場も見える。

図書館やドラッグストアや小学校もあるけど、真尋ちゃんのマンションやわたしのアパートは、小高い山の陰《かげ》になっていて見えない。

「わあ、本当に気持ちいい」

わたしは、空気を大きく吸《す》いこんだ。見ると、未怜《みれい》も両手を広げて上を向いている。

「あそこ、見てごらん」

真尋《まひろ》ちゃんが指さした先には、こんもりとした森があり、そのなかに、大きなガラスのドームみたいなものが見えた。

「あそこが植物公園。今ごろ、ふたりのお母さんが働いてるよ」

わたしは、何度か植物公園に行ったことがあるけれど、遠くからながめたのははじめてだった。

緑のなかに、茶色や赤や黄色に染《そ》まった木々《きぎ》が混《ま》ざり合っていて、とてもきれいだ。

未怜は、手すりから体をのり出すようにして、じっとそっちのほうを見つめている。

その横顔だけでは、どんな気持ちでいるのかわからない。

それから少しのあいだ、三人で植物公園をながめていたけど、

「未怜がここにいること、お母さんは?」

と、真尋ちゃんがわたしに向かって聞いた。

わたしは首をふって、

「言ってない。お母さん、きっと泣くから」

と言うと、未怜のほうが「えっ?」というような表情《ひょうじょう》でわたしをふり返った。

だからわたしは、

「お母さんは、未怜のことを忘《わす》れたり、わたしがいるからいいと思ったりなんて、ぜったいにしてないよ。いつも未怜のこと考えてるの、そばにいてわかるもん。苗字《みょうじ》だって、未怜とちがう苗字になってしまうことがいやだったから、しばらく変えずにいたんだよ。未怜と離《はな》れたときは病気みたいになっちゃったけど、いつか未怜に会ったときに恥《は》ずかしくないようにって、がんばって元気になった。今も、すごくがんばって仕事してる」

と言った。

それに続けて、真尋ちゃんが、

「わたしも、いつも未怜のこと考えてたよ。だから来てくれて、すごくうれしい。陽《はる》架《か》も、未怜に会わせてくれてありがとう」

と言う。

未怜はだまって聞いていたけど、わたしは真尋ちゃんの、その改まったような言葉

にちょっとあせって、思わず、

「あ、うん。でもあれだよ、真尋《まひろ》ちゃんの病気がすごく重いからとか、そういうんじゃないからね。いや、こんなこと言うとかえって重いみたいだけど、ぜったいにそうじゃなくてね」

と言っていた。

「いいよいいよ、そんなこと思ってないよ」

「本当に？」

「うん。陽架《はるか》や未怜《みれい》にまで心配させてしまったけど。でも、本当に大丈夫《だいじょうぶ》なの。わたしの病気、おそれていたようなものじゃなかったから。仕事でちょっと無理をして、胃《い》がずいぶん傷《いた》んでたみたいなんだけど、今は薬が効《き》いて調子がよくなってる。わたし、運がいいんだよね」

全身から、ふーっと力が抜《ぬ》けていく。

「よかったあ。あのね、真尋ちゃんは寝《ね》ぼけてておぼえてないかもしれないんだけど、先週お母さんとここに来たとき、真尋ちゃんすごく小さな声で、『未怜に……』って言ったの。そのあとすぐに目を覚まして、ちがう話になっちゃったけど。わたし、きっと真尋ちゃんはあのとき『未怜に会いたい』って言いたかったんだと思って、それで未怜をつれてきたの。とにかく真尋ちゃんに、元気になってほしかったから」

わたしの言葉を聞いて、真尋ちゃんは少しおどろいたような顔をしていたけれど、少し間をあけてから、

「そうかあ、そんなこと言ったのか。たしかにそれは、未怜に会いたいってことだったんだろうな」

と、うなずいた。

それから、

「でもね、たぶんそれと同じくらい、未怜に謝《あやま》りたいって気持ちもあったんだ」

とも言った。

そして、わたしと未怜をそれぞれまっすぐに見ると、

「未怜、ごめんね。陽架、ごめんね」

と頭を下げた。

いきなり真尋ちゃんに謝られて、未怜は「なんのこと?」という感じでわたしの顔を見る。

だけど、わたしにだってわからない。

だまっていたら、真尋《まひろ》ちゃんがまた口を開いた。

「まだ子どものふたりに、こんなことを言うなんてよくないのかもしれないけど。わたし、大人の都合でふたりをふり回してしまったことに、ずっと責任《せきにん》を感じてた。それで、もし自分の病気が重いものだったら、謝《あやま》れるうちにちゃんと謝っておかなくちゃって思ったの」

わたしは、自分がだれかにふり回されたなんて思っていない。

だけどもし、わたしたちをふり回した人がいるとすれば、それはお父さんとお母さんだ。ついでに言えば、おばあちゃんや友里恵《ゆりえ》おばちゃんのはずだ。

でも真尋ちゃんは、

「ふたりのお母さんはわたしのお姉ちゃんだから、わたしはずっとお母さんの味方だった。お母さんの心が弱ってるとき、お母さんの話しか聞かなくて、会うたびに自信をなくしていくようなお母さんが心配で、お父さんのほうの気持ちまで考えられなかった。それでお母さんに、家を出てくればいいって何度もすすめたの。まさか、未《み》怜《れい》がむこうに引き取られることになるなんて思いもしなかった。それで結局、陽架《はるか》と未怜を引き離《はな》すことになってしまった」

と言う。

それはちがう、と思った。

真尋ちゃんは、いつだってわたしたちの力になってくれる存在《そんざい》で、大好きな家族だ。真尋ちゃんがいてくれたら、わたしはそれだけで安心できた。

だから気づくと、

「それは真尋ちゃんのせいじゃないよ、ぜんぜん」

と首をふっていた。

「未怜がつれていかれたのは、わたしのせいだから。あのとき、わたしがアパートの外につれ出して、未怜の手を離してしまったから。わたしは、未怜が車に乗せられたのに、自分だけ走って逃《に》げた。それさえなければ、未怜はずっとわたしたちのそばにいたはずだって、ずっとずっと思ってた。だから、わたしのせいなんだ」

わたしは、泣きそうになりながら一気にそう言った。

真尋ちゃんは、なにか言おうと口を開けて首をふったけど、しん、としてしまった空気のなかでまっすぐに響《ひび》いたのは、

「謝《あやま》らないで」

と言う、未怜《みれい》の声だった。

「そんなふうに謝られたら、自分がかわいそうな子になったみたいな気がする。でもわたし、かわいそうじゃないから」

未怜は、少し怒《おこ》ったような顔をしている。

「わたしは、お父さんのこともおばあちゃんのこともきらいじゃない。そりゃあ、うるさいなって思うときもあるけど、わたしのことを好きなのは、ちゃんとわかってるから」

「うん」

真尋《まひろ》ちゃんは小さな声で、
とうなずく。

それを見て、未怜は続けた。

「お父さんは、わたしが今の家にもどったとき、すごくおどろいて、おばあちゃんを怒ったの。それでわたしに、『お母さんのところに行きたければ、そうしていい』って言ったけど、わたしは答えられなかった。今にも泣きだしそうな顔をしたお父さんが、本当にかわいそうだったから。それに、そこで待ってたら、お母さんも陽架《はるか》ちゃんもきっと帰ってくるって信じてたし。そのあとすぐにケビンがやってきて、だんだん今の家に慣《な》れてって……。だからわたし、無理やり閉《と》じこめられてたわけじゃない。かわいそうじゃない」

強い目で前を向いた未怜の顔が、小さいときの未怜と重なる。

未怜の言っていることは、わたしにもわかる気がした。

もしお母さんが、お父さんと別れたことを後悔《こうかい》してわたしに謝ったら、わたしは自分がまちがった時間のなかで育てられたように感じるだろう。

あのときこうするべきだった、こうすればよかった。なんて言われたら、今の自分どころか、これからの自分にまで自信がなくなってしまいそうだ。

そう考えて、ハッとした。

未怜がつれていかれたときのことをくやんで、あのとき外に出なければよかった、未怜の手を離《はな》さなければよかった、と思い続けていたのは、わたしだ。

そんなこと、今の未怜はちっとも望んでいなかったのに。

かわいた風が吹《ふ》いて、屋上の木々《きぎ》を揺《ゆ》らした。

未怜《みれい》は、空を見上げて、

「あ、銀のうろこ」

とつぶやいた。

青くて高い空には、光を反射《はんしゃ》して銀色に光る小さなうろこ雲が広がっている。まるで、絵本で見た龍《りゅう》の背中《せなか》のようだ。

「よく、雲を見て遊んだよね」

真尋《まひろ》ちゃんが、やさしい声で言って、

「未怜、へんなことばかり言ってたし」

と、わたしは笑《わら》った。

未怜の左頬《ひだりほお》に、えくぼができた。

わたしは思いきって、

「ねえ未怜、どうしてわたしのこと、前みたいにお姉ちゃんって呼《よ》ばないの？」

と聞いてみた。

答えを聞くのはすごくこわかったけど、聞かずにいたら、ずっとなやんでしまいそうな気がしたのだ。

ところが、未怜はきょとんとしている。

「あ、前はお姉ちゃんって呼んでたんだっけ。おばあちゃんが、話のなかでよく『陽《はる》架《か》ちゃん』って言うから、わたしもそう呼んじゃった」

「それだけ？」

「うん」

「それだけえ？」

わたしの声は高くなる。

「なあんだ。わたし、もうお姉ちゃんだと思われてないのかと思った」

そう言って、わたしは「はあっ」と大きく息をはいた。

真尋ちゃんは「ふっ」と笑って、

「わたしも、よけいな心配してたみたいだね。職業病《しょくぎょうびょう》かな。漫画家《まんがか》なんてやってると、いろんなことを想像《そうぞう》して、つい心配したり後悔《こうかい》したりしすぎちゃう。頭のなかで想像したことがふくれ上がっちゃうんだよね。それで、未怜の気持ちも生活もなにも知らないくせに、勝手にかわいそうだなんて思ってた。それって未怜に失礼だよね」

と言った。

すると未怜《みれい》は、しんみりとした空気をぱちんと弾《はじ》いてしまうような声で、

「え、真尋《まひろ》ちゃんって、漫画家《まんがか》なのぉ？」

とさけんだ。

「あ、うん。え、知らなかった？」

「絵のお仕事をしてる人だっていうのはわかってたけど、でも、プロの漫画家なの？本当に？」

真尋ちゃんが、

「んー、まあそう、かな」

と目を細める横で、わたしは、

「そうだよ、『カチューシャ』って雑誌《ざっし》に連載《れんさい》してるし、単行本にもなってるよ。ファミレスの話、朝陽《あさひ》ちゃんって子が主人公の。真尋ちゃん、朝《あさ》まひろっていうペンネームを使ってるけど」

と言った。

未怜は、

「えーっ、わたし、それ知ってる」

と、その日いちばん大きな声をあげた。

それからわたしたちはベンチに座《すわ》り、真尋ちゃんが自動販売機《じどうはんばいき》で買ってくれたホットレモネードを飲みながらおしゃべりをした。

座ってすぐに、真尋ちゃんが、

「ねえ未怜、さっき言ってたケビンってだれなの？」

と言ったから、わたしと未怜は声をだして笑《わら》った。

未怜は、ケビンがどんなにかわいいかを話し、そのあとで真尋ちゃんに、漫画《まんが》のことをたくさん聞いた。

未怜は勉強ばかりしているのかと思っていたけど、意外にも漫画が大好きなのだと言った。読むだけではなくて、絵を描《か》くのも好きらしい。

友里恵《ゆりえ》おばちゃんがいなくなってから、趣味《しゅみ》で絵手紙を始めたおばあちゃんにつき合って、よく絵手紙を描いてもいるそうだ。

そろそろ帰らなくてはならないという時間になると、真尋ちゃんは、

「お母さんに電話してあげようか？　やっぱりつれて帰ってもらったほうがいいんじゃないの？」

と何度も聞いた。

だけど未怜《みれい》は首をふり、

「陽架《はるか》ちゃんがいるからいい。お母さんのところには、今度、ちゃんとお父さんに言ってから来る」

と言った。

未怜なら、たぶん本当にそうするだろう。

だから真尋《まひろ》ちゃんも、

「そうだね。お母さんにも、ちょっと心の準備《じゅんび》が必要かもね」

と言って、エレベーターの前まで送ってくれた。

そこで真尋ちゃんは、未怜のキッズケータイに自分のスマホの番号を入れ、

「家に着いたら電話してね」

と言った。それからわたしのほうを向き、

「陽架も、ぜったいに連絡《れんらく》すること。もし途中《とちゅう》でなにかあっても、すぐに連絡」

と、きびしい顔をした。

11　ユーモレスク

電車は少し混《こ》んでいて、途中まではシートが空《あ》いていなかった。二十分くらいしてやっと座《すわ》れたと思ったら、未怜はすぐに、わたしの肩《かた》に頭をのせて眠《ねむ》ってしまった。急にいろんなことが起こったから、きっとつかれたのだろう。

そうしてわたしたちは、三時半にはちゃんと十倉駅《とくらえき》のホームに降《お》りることができた。朝と同じように改札を抜《ぬ》ける。もうすぐ未怜と別れなければならないと思うと、さびしくてたまらなくなった。

未怜もなんとなく無口になって、ゆっくりと足を運んでいる。朝にはよそよそしく感じられた未怜が、今はとても近くに思える。

ふいに、どこかで聴《き》いたことがあるピアノの曲が流れてきて、心地よく耳をくすぐった。

「あれ、この曲なんだっけ」

と言うと、未怜《みれい》は、

「ユーモレスク、ドヴォルザークの。有名な曲だよ」

と教えてくれた。

「未怜、よく知ってるね」

「友里恵《ゆりえ》おばちゃんが好きな曲だもん」

そう言われて、古いほうの家からときどきこのメロディーが流れてきていたことを思い出した。聴《き》くときによって、ゆかいになったり悲しく感じられたりする不思議な曲だ。

「わたしも好きなんだ、この曲」

未怜は小さな声で言って、足を止めた。わたしも立ち止まって、ストリートピアノのほうに顔を向けた。

体を揺《ゆ》らしながらピアノを弾《ひ》いていたのは、紺色《こんいろ》のフリースのジャケットを着た、お母さんくらいの歳《とし》の女の人だった。よく見ると、足元には長ネギが飛び出したエコバッグが置かれている。

十人くらいの人が、それぞれ少し離《はな》れたところから、じっと耳を傾《かたむ》けていた。

ゆったりとして陽気なメロディーが、ふいにとてもさびしげな感じに変わる。それを聴いていたら、佐縁馬《さえんま》の家でのことが自然に思い出された。

あのころのことは、いやなできごとばかりのような気がしていたけど、そうでもなかったのかもしれない。

広い家で未怜とかくれんぼをしたり、おばあちゃんとパンケーキを焼いたり、友里恵おばちゃんのピアノに合わせて歌ったり、楽しいこともいっぱいあった。

そう思ったときに突然《とつぜん》、本当に突然、ずっとわからなくなっていた友里恵おばちゃんの顔が頭に浮《う》かんだ。ぼんやりしていた望遠鏡の焦点《しょうてん》が、ふっと合ったような感じだ。

友里恵おばちゃんは、未怜と同じように、強い目をした人だった。

曲が終わると、立ち止まって聴いていた人たちからぱらぱらと拍手《はくしゅ》が起こった。

女の人が立ち上がり、エコバッグを持ち上げて、照れくさそうにピアノの前を立ち去ると、わたしたちも歩きだした。

駅の建物を出て階段《かいだん》を下り、大通りに立ったとき、

「もう、ここでいいや」

と未怜《みれい》は言った。

「あのバス停《てい》から乗ったら帰れるから」

そう言って、通りの反対側にあるバス停を指さす。

「え、本当に大丈夫《だいじょうぶ》？　まちがいない？」

「うん。塾《じゅく》の前を通るバスだし、おばあちゃんとよく乗るし。ここからならカードも使える」

わたしは泣きそうな気持ちになったけど、未怜が明るく、

「また行くね。今度は、お父さんにちゃんと話してから」

と言うから、

「うん、待ってる」

とうなずいた。

「じゃあ、バイバイ、陽架《はるか》ちゃん」

「うん。バイバイ」

そう言って、未怜は大通りの横断歩道《おうだんほどう》を渡《わた》っていく。

その姿《すがた》を見て、わたしは思わず笑《わら》ってしまった。

未怜が、少し広い歩幅《ほはば》で跳《と》ぶように、白線だけを踏《ふ》んで歩いていたからだ。

小さいときに、「落ちちゃった、海に落ちちゃったから、サメに食べられるう」と言って泣いたことを、未怜はおぼえているだろうか。

大丈夫、落ちたって食べられないよ！

わたしは心のなかで、未怜にさけんだ。


「せっかくの土曜日なのに、出勤《しゅっきん》しちゃってごめんねー」

お母さんが、明るくそう言いながら帰ってきたのは、真尋《まひろ》ちゃんとの電話を切って二十分くらいしてからのことだった。

真尋ちゃんのスマホには、未怜のケータイからも「無事に家に着きました」と連絡《れんらく》があったそうだ。

お母さんは、つかれているはずなのにそのまま台所に立ち、

「すぐ、ごはん作るから」

と、買《か》い物袋《ものぶくろ》から野菜を取り出している。

わたしは、まともにお母さんの顔を見ることができなくて、

「あ、洗濯物《せんたくもの》、取りこむの忘《わす》れてた」

と言って、ベランダに逃《に》げた。

大きな窓《まど》を開けてサンダルを履《は》き、寒くなってきた外に出ると、うっすらと暮《く》れた空にはもう星が出ていた。

さっき、福葉駅《ふくばえき》にもどったときに見上げた空はハチミツ色で、種類もわからない鳥が群れになって飛んでいた。

夕方に飛ぶ鳥の群れは、安心して寝《ね》られる場所をさがしているのだと、いつだったか理歩《りほ》が教えてくれた。

わたしは、少し湿《しめ》って冷たくなった洗濯物をプラスチックのかごに入れ、部屋に入ってカーテンを閉《し》めた。

ふいに、お母さんの背中《せなか》に向かって「今日、未怜《みれい》に会ったよ」と言いたくなる。

「未怜、元気そうだったよ。チーズが食べられるようになって、背《せ》も高くなってた」

と言うと、お母さんはおどろいたようにふり向いて、それからきっと顔を輝《かがや》かせるだろう。

だけどそのあとは？　また未怜のことが心から離《はな》れなくなって、前みたいに苦しむかもしれない。

「鶏《とり》のミンチを買ってきたから、鶏だんご鍋《なべ》にしようね」

と、背中を向けたままお母さんが言う。

「おおっ、最高ですなっ」

わたしは、さっきまで考えていた言葉の代わりに、ふざけたような口調で言った。

「鶏のミンチは安いしね」

とお母さん。

「ね」

とわたし。

「塩味としょうゆ味、どっちがいい？」

ようやくこっちを向いて聞くお母さんに、

「しょうゆー」

と返したあと、今度はわたしが背中を向けて、洗濯物をたたみ始めた。

月曜日の朝、いつものように神社の前で待っていると、早足で歩いてきた理歩《りほ》は「おはよう」も言わずに、

「会えた？」

と聞いた。

わたしもあいさつはせず、

「うん。真尋《まひろ》ちゃんのところにも行けたよ」

と返事をして歩きだした。

理歩は、少し身をかがめてカマキリの卵《たまご》が無事にそこにあることを確認《かくにん》すると、わたしの左にならんだ。

「元気だった？　未怜《みれい》ちゃん」

「うん」

「変わってなかった？」

「それがさ」

「え？」

「変わってた、すごく。背《せ》が高くなってたし、チーズを食べられるようになってたし、

わがまま言って大声で泣くこともなくなってた」

「そういえば未怜ちゃん、よく泣いてたよね。泣きながら、陽架《はるか》のことペシペシたたいてた」

「でしょ？　はじめは知らない子みたいでへんな気持ちだったけど、時間がたつにつれて、やっぱり未怜だなあって感じになった」

「そうか」

理歩は二、三度うなずいて、

「よかったね」

と笑顔《えがお》になった。

理歩に聞いてほしいことはたくさんあるけど、うまく言葉にする自信がない。

未玲にひどいことを言って傷《きず》つけてしまったり、自分もちょっと傷ついたり。わたしが思っていたより、未怜は楽しく暮《く》らしていることを知ってほっとしたり、別れがとてもさびしかったり。

たった一日のことなのに、すごく長い時間のできごとのように感じられて、なにからどう話せばいいのかわからない。

「お母さんには、ばれなかった？」

理歩《りほ》に聞かれて、

「んー、ばれてはいないんだけど、なんか気まずい」

と答えた。

「まあ、そうだよね」

「うん。ついぽろっと話してしまわないように、どうでもいいことをぺらぺらしゃべったり、反対にだまりこんだりして。土曜日からのわたしは、かなり挙動不審《きょどうふしん》なんだ」

そう言って、

「はあっ」

とため息をつくと、理歩も、

「はあー」

と、ため息につき合ってくれた。

「昨日も、お母さんといっしょに真尋《まひろ》ちゃんのお見舞《みま》いに行ったんだけど、二日続けて来たことがばれたらどうしようと思って、どきどきしたよ。ナースステーションの前を歩いてたら看護師《かんごし》さんに呼《よ》び止められて、めちゃくちゃあせった」

「大丈夫《だいじょうぶ》だったの?」

「うん。真尋さん、そろそろ退院《たいいん》できそうですよって話だった」

「へえ、よかったね」

「うん。退院って、こんなにあっけなく決まるもんなんだって思っちゃった。くわしいことは、またお医者さんから話があるみたいなんだけど」

そのとき、

「おはよん」

と声がしたからふり向くと、恵奈《えな》が坂道を上ってきていた。

恵奈はわたしたちに追いつくと、いきなり、

「ねえ、さっき恵奈んちの庭に、すんごいへんな虫がいたんだけど」

と話し始めた。

「茶色くて細長くって、枯枝《かれえだ》にそっくりなの。でも、じっと見てたらゆっくり動くんだもん。びっくりしたぁ」

わたしは、

「それ、本当に虫？」

と笑《わら》ったのだけど、理歩《りほ》は、

「たぶんナナフシだよ。木の枝《えだ》に擬態《ぎたい》する虫」

と、落ち着いた声で言う。

「え、ぎたいって？」

「擬態っていうのは、動物や虫が、自分の体をまわりの景色や生き物そっくりにすること。枯葉《かれは》みたいな色の蛾《が》とか、砂《すな》みたいな模様《もよう》の魚とか、見たことない？」

「ああ、それならわかる。カメレオンもそうだよね」

理歩と恵奈《えな》の会話を聞きながら、ゆっくりと歩いていたら、今度は祐樹《ゆうき》が、

「おはよーっす」

と言いながら、ほかの男子といっしょにわたしたちを追い越《こ》していった。

だけど、三メートルくらい先でふいに立ち止まってふり向くと、わたしを数秒見つめてから、

「うん、よかった。元気そうで」

とうなずいて、走っていってしまった。

祐樹はたぶん、未怜《みれい》に会いにいくと言ったわたしのことを心配してくれていたのだ。やさしいな、と思う。それから、未怜はどうなんだろう、とも思った。

未怜にも、わたしにとっての理歩や恵奈や祐樹みたいな友だちはいるのだろうか。楽しく学校に通えているのだろうか。

そういうことを、もっとちゃんと聞けばよかった。次に未怜に会えるのはいつなのだろう。

「祐樹って、ぜったいに擬態できないよね。まわりと同じ色や形になんてとてもなれない」

「ん、恵奈もそう思う」

ふたりの言葉に、わたしは、

「だよねえ」

と、笑ってうなずいた。

12　リースとしめ縄《なわ》

真尋《まひろ》ちゃんは、それから三日後の木曜日に退院《たいいん》した。

そして、仕事を抜《ぬ》けて迎《むか》えにいったお母さんの軽自動車で、そのままうちのアパートにやってきた。

真尋ちゃん自身は、自分のマンションに帰りたがっていたらしいのだけれど、また仕事ばかりして、食事や睡眠《すいみん》がいいかげんになるのではないかと心配したお母さんが、「もう少し元気になるまで、うちでゆっくりしていなさい」と説得《せっとく》してつれてきたのだ。

真尋ちゃんが倒《たお》れたときにそばにいたという、出版社《しゅっぱんしゃ》の渡瀬《わたせ》さんも、「仕事のことなら大丈夫《だいじょうぶ》だから、今はとにかく体を治してください」と言ってくれたそうだ。

わたしは、真尋ちゃんがうちに来てくれてとてもうれしかった。

学校から帰って「ただいま」と言うと、「おかえり」と返ってくる。そんなふつうのことが新鮮《しんせん》だったし、家のなかにいつもだれかの気配があるというだけで、気持ちがゆったりとした。

十一月も半ばを過《す》ぎて寒くなり、日暮《ひぐ》れも早くなってきたからなおさらだった。真尋ちゃんは、はじめの日だけはおとなしく寝《ね》ていたけれど「少しは動かないと、かえって具合が悪くなりそう」と言って、翌日《よくじつ》からは起きて料理などをするようになった。

お母さんも「無理しちゃだめよ」と言いながら、仕事から帰ってごはんの支度《したく》ができていると「うわあ、なんて幸せなんだろう」と喜《よろこ》んだ。

いつもは座《すわ》るひまもなくキッチンに立つのに、真尋ちゃんがシチューを温めなおしたりサラダを盛《も》りつけたりしているあいだ、お茶を飲んでゆっくりしている。

一度、夕ごはんを食べながら「これって、ウィンウィンの関係ってやつ？」と聞くと、真尋ちゃんは、「いやあ、ちょっとちがうかな」と言った。「じゃあ、持ちつ持たれつ？」と言うと、お母さんが「そっちのほうが近いね」と笑《わら》った。

お母さんが仕事に行って、わたしと真尋ちゃんしかいないとき、ふたりで未怜《みれい》の話ができるのも楽しかった。「今ごろ、なにしてるんだろうね」とか、「そういえば未怜《みれい》、どこの中学を受けるんだろう」という会話をするだけなのだけど。

あれから、未怜とは連絡《れんらく》を取っていない。

真尋《まひろ》ちゃんも、電話をしたときに未怜のそばにだれかがいたら、未怜がこまるのではないかと考えてしまい、ケータイにかけることができないそうだ。

未怜に会えなかった三年半のあいだは、もちろんさびしかったしつらかったけど、会わないでいることにいつの間にか慣《な》れていた。未怜はいつも心の隅《すみ》っこにいたけれど、その顔が少しぼんやりしていたのもたしかだ。

だけど、思いきって会ってから、わたしの心のなかの未怜の姿《すがた》ははっきりしている。左の頰《ほお》にできるえくぼも、細い背中《せなか》も、笑《わら》い声も、横顔も。

それが、よけいにわたしを悲しくさせた。

未怜という名前は、わたしがつけたそうだ。

といっても、未怜が生まれたのはわたしがまだ二歳《さい》のときだったから、本当に名前を考えたわけではない。

そのころ、わたしの舌《した》はうまく回らなくて「きれい」という言葉が、いつも「みれい」になっていたらしい。

お母さんに、「ほら見て、お星さまがきれいねえ」と言われれば「うん、みれいねえ」と返事をする。花を見ても絵本を見ても、「みれいねえ」とうれしそうに笑っていたのだという。

未怜が生まれた日の朝、わたしは友里恵《ゆりえ》おばちゃんの車に乗って、おばあちゃんといっしょに病院に向かった。

もちろんそんなに小さいころの記憶《きおく》なんてないから、あとから聞いた話だけれど。お父さんは、たぶん先に病院に行っていたのだろう。

そこで、わたしは生まれたばかりの未怜を見て「あかちゃん、みれいねえ」と、うっとりとした表情《ひょうじょう》で言った。それがとてもかわいくて、そこにいたみんなが笑った。

そのとき、お母さんは赤ちゃんの名前を「みれい」にしようと決めた。漢字は、響《ひび》きに合わせてお父さんが選んだそうだ。

小さいころのわたしは、その話を聞くのが好きだった。話のなかのわたしの家族は、みんなとても仲がいい。

「この、藁《わら》みたいなのがレモングラス？」

細長くてまっすぐで先がとがっている、かわいた葉っぱの束《たば》を指さして聞くと、

「そう。嗅《か》いでみて、レモンの香りがするから。ハーブティーや料理にも使えるよ」

と真尋《まひろ》ちゃんは言った。

大きな束のなかの一本を折って鼻に近づけると、草のような匂《にお》いといっしょに、たしかにさわやかなレモンの香りがした。

十一月最後の土曜日、わたしと真尋ちゃんは和室の低いテーブルに、松ぼっくりやユーカリの実やサンキライなどを広げている。

植物公園では、毎年この季節になると公園の植物を使ってクリスマスリースの教室が開かれるのだけど、あまった材料をお母さんがもらってきてくれたのだ。

あまり外に出ていない真尋ちゃんに、なにか楽しいことをさせてあげようと思ったらしい。

お母さん本人は、そのイベントのために出勤《しゅっきん》していったから、わたしと真尋ちゃんでリースを作ることにした。

お母さんの説明によれば、リースの土台は乾燥《かんそう》させた植物のつるを使って作ることが多いのだけど、レモングラスを編《あ》みこんでもできるそうだ。

わたしと真尋ちゃんは、レモングラスを三つ編みのように編んで輪っかにすると、麻《あさ》ひもできつく縛《しば》ってみた。

「んー、リースっていうより、お正月のしめ縄《なわ》みたい」

「そうだねえ」

できあがった輪っかを見て、ふたりで苦笑《にがわら》いした。だけど、香りはとても清々《すがすが》しいし、あわい青緑色がとてもきれいだ。

「よし、じゃあついでに、しめ縄も作っちゃおう」

真尋ちゃんは、さっきからとても楽しそうだ。

しめ縄のように見えた輪っかでも、ヒバやブルーアイスの枝《えだ》を重ねたり、木の実やリボンをくっつけたりすると、クリスマスリースっぽくなってくる。

こういうことには、センスが必要だ。真尋ちゃんの作ったものは、木の実ひとつひとつの色や形にまで統一感《とういつかん》があって、すごくおしゃれだ。

だけど、わたしが作るものは、なんとなくごちゃごちゃして見える。

「真尋《まひろ》ちゃん、やっぱりうまいね」

わたしが言っても、真尋ちゃんは、

「ん、そうかな」

と、当然のような顔をしている。

「漫画家《まんがか》さんだし、手先が器用なんだよね、きっと」

「陽架《はるか》のも、ちゃんとできてるよ」

「いや、なんかへん」

「そんなことないよ」

「本当にそう思う？　本当の本当に？」

「……ちょっとへん」

「ほらあっ」

「うそうそ、さあ進めよう。材料は山ほどあるんだからね、リースもしめ縄《なわ》も、いっぱい作るよ」

「えー、そんなに作ったって、飾《かざ》る場所がないよ」

「大丈夫《だいじょうぶ》、来週うちに帰るときに持っていくから。お世話になった渡瀬《わたせ》さんにも、プレゼントするんだ」

その言葉に、わたしの手は止まってしまった。

思わず顔を上げ、

「え、真尋ちゃん、帰っちゃうの？」

と聞く。

真尋ちゃんはうなずいて、

「今年もあと一か月ちょっとだから。仕事と家のこと、少しは片《かた》づけておかないと。連載《れんさい》も、これ以上は休めないし」

と言った。

「お母さんは知ってるの？」

「うん、ふたりで話して決めたから」

そう聞くと、いくらわたしが引きとめても無駄《むだ》なんだろうな、と思った。

真尋ちゃんがいなくなったら、またお母さんとふたりだけの毎日だ。しかたないのはわかっているけど、やっぱりさびしい。

そんな気持ちをふり払《はら》うように、わざと明るく、

「お母さん、ずっと真尋《まひろ》ちゃんに頼《たよ》ってきたのに、今回は活躍《かつやく》したよね」

と言うと、真尋ちゃんは、

「そうっ！」

と大きくうなずいた。

「正直言って、お姉ちゃんがあんなにいろんなことを進めてくれるなんて思わなかった。入院の手続きとか準備《じゅんび》とか、担当《たんとう》のお医者さんと話したりネットで情報《じょうほう》を仕入れたり。退院《たいいん》するときも、ここに呼《よ》んでくれて」

「わたしも、ちょっとびっくりしたよ。お母さん、やればできるんだなって」

わたしと真尋ちゃんは、くすくす笑《わら》った。

だけどその笑いが引いたあと、わたしは小さな松ぼっくりをそっと手に取った。そして、指先でそれをなでながら、

「家を出たころのお母さん、すぐにめそめそしたりまわりのことばかり気にしたりして、なんて弱虫なんだろうって思ってた。言いたいことも言わないでいるから、お父さんがあんなにえらそうにしてるんだって。未怜《みれい》がいなくなったあとも、病気みたいになっちゃって。そんなふうに考えちゃいけない、お母さんはかわいそうなんだか

らって自分に言い聞かせるんだけど、いやになることもいっぱいあった。わたしだってさびしかったし、すごく悲しかったのに、お母さんの前ではがまんするしかなかった……」

と話した。

そんなことを口にしてはいけないような気がして、今までずっとだまっていたのだけれど。

ところが、真尋ちゃんまで、

「そうだねえ。わたしも、お姉ちゃんにはよくイライラさせられたよ。大きらいだったときもある」

と言ったから、おどろいた。

いつもやさしくて、人の悪口なんて言わない真尋ちゃんの口から、そんな言葉が出るなんて思わなかった。

でも、真尋ちゃんは、

「子どものときからのお姉ちゃんの口癖《くちぐせ》、『なんでもいいよ』だったんだから。『なにが食べたい?』って聞くと、『なんでもいいよ、真尋の好きなもので』。出かけた先で、

『どこのお店に行きたい？』って聞いても、『真尋《まひろ》の行きたいところでいいよ』って、ぜんぶこっちに丸投げ。しらけるじゃない？　そういうのって。無責任《むせきにん》だなあ、ずるいなあって、ずーっと思ってた」

と続ける。

それから少しだまっていたら、トトトトトッと、天井《てんじょう》から小さな足音が聞こえてきた。

すると真尋ちゃんは、

「あーあ、悪口言っちゃったね」

と、軽くため息をついて立ち上がり、

「ココアでも飲もうかな。陽架《はるか》も飲むよね？」

と、キッチンに向かった。

わたしは座《すわ》ったままで、キッチンの真尋ちゃんに、

「今はもうきらいじゃない？　お母さんのこと」

と聞くと、真尋ちゃんは、

「うん、そうだね。きらいじゃないよ」

とうなずいた。

「お姉ちゃんのやさしいところ、わたしにもわかってきたし。それに人って変わっていくし。お姉ちゃんも、わたしもね」

真尋ちゃんはこっちに背《せ》を向け、小さな鍋《なべ》で牛乳《ぎゅうにゅう》を温めている。

「大人なのに？　大人なのに変わっていくの？」

「もちろん変わるよ、いいふうにも悪いふうにも」

「それは大人が、もっと大人になるっていうこと？」

わたしが聞くと、真尋ちゃんは、

「んー、どうだろう。そもそもわたしには、大人っていうのがよくわからないんだよね」

と首をかしげた。

「え？」

「いや、なんだかわたし、自分が大人って気がしないのよ。子どもの延長線上《えんちょうせんじょう》にいる感じで、成長しきった気がしない。少女漫画《しょうじょまんが》なんて描《か》いてるからかな」

「真尋ちゃんは、どこからどう見ても大人だよ」

「まあ、ちゃんと育っちゃったからね。子どものころとはちがって、行ける場所も使えるお金も増《ふ》えたから、そのぶん自由にはなってるし。でも、どう言えばいいのかな、小さいころに思ってた大人とは、ずいぶんちがうの。だからきっと、わたしもまだまだ変わっていくよ」

「そうなの?」

「うん。だってわたし、ちっとも完成形じゃないもの。だから今はまだ、自分はこういう人間なんだとか、こんな性格《せいかく》だからしかたないとか、あんまり決めつけないことにしてる。こうなりたいっていうイメージだけは持つようにして」

真尋《まひろ》ちゃんが言っていることが、わたしにはよくわからない。

「へんなの」

と言うと、真尋ちゃんは、

「そうそう、へんなんだよ、みんな」

と、少し大きな声で言った。

「みんな?」

「うん。家族だって友だちだって、みんなちょっとずつへんなんだよ。完成形の人なんて、たぶんあんまりいないんだから」

真尋ちゃんはそう言いながら、ミルクココアがたっぷり入ったマグカップを両手に持ってもどってきた。

本当はコーヒー好きの真尋ちゃんだけど、病気が完全に治るまでは我慢《がまん》しなくてはいけないらしい。

それからふたりでココアを飲みながら、天井《てんじょう》から聞こえる足音に耳を澄《す》ました。


翌日《よくじつ》の日曜日は、よく晴れて暖《あたた》かかった。

わたしと真尋ちゃんは、朝早くからお母さんの運転する車で真尋ちゃんのマンションに行き、ちょっと早い年末の大掃除《おおそうじ》をした。

真尋ちゃんの入院は急だったから、家のなかは一か月前のまま時間が止まっているようだ。

ただ、お母さんがときどき風を通しにきていたおかげか、真尋ちゃんが「カビやキノコが生えていたらどうしよう」と、心配していたようなことにはなっていなかった。

それでも、クローゼットを開けて防虫剤《ぼうちゅうざい》を替《か》えたり、布団《ふとん》を乾燥機《かんそうき》にかけたり、消費《しょうひ》期限《きげん》切《ぎ》れになった冷蔵庫《れいぞうこ》のものを処分《しょぶん》したりと、やることはたくさんあった。

ようやく掃除《そうじ》が終わり、「ハニービィに行こう」と言いだしたのは、真尋《まひろ》ちゃんだ。

お昼ごはんにしてはおそい時間になってしまったし、けっこう動いていたから、おなかはすごく空《す》いていた。

ハニービィの店内はいつもより混《こ》んでいたけど、少し待っただけで、ガラスの壁《かべ》に面した席に座《すわ》ることができた。

お母さんは、いつものように大きなメニューで顔をかくして少し迷《まよ》ってから、

「よし、決めた。カキフライ定食にする」

と言い、真尋ちゃんも、

「じゃあわたしは、トマトチーズ鍋《なべ》」

と、冬らしい料理を選んだ。

最後にわたしが、メニューを見ながら、

「今日は、ビーフシチューハンバーグにしてみる」

と言うと、お母さんと真尋ちゃんは、

「おおー、やっとちがうものを」

「おおー、唐揚《からあ》げやめたか」

と、同時に言った。

前にここに来たときには、キノコの和風パスタをちょっとずつしか口にしなかった真尋ちゃんが、今日は大きく切ったトマトをぱくりと食べて、

「おいしい、治ってよかったぁ」

と笑《わら》う。

「本当に心配したんだからね」

と言って、お母さんがにらむように目を細め、わたしも、

「そうだそうだ」

と何度もうなずいた。

真尋ちゃんは、「ごめんね」と軽く応《こた》えるものだと思っていたけど、意外にも神妙《しんみょう》な顔をして、

「うん。わたしも、どうなるんだろうって思うとこわかったよ」

と言った。

「病院の夜って、昼間は気づかないような、いろんな音が聞こえてくるんだよね。

ピッピッピッっていう機械の音や、苦しそうな息づかいや咳《せき》こむ声も。看護師《かんごし》さんとぼそぼそ話したり、静かに泣いたりする人もいて」

わたしは、そんな夜の音を想像《そうぞう》してみた。あの、暖《あたた》かいのにひんやりとした、みんなバタバタと動いているのにしんとしている病院の夜。

フォークを運ぶ手を止めて、冷たい水を飲んだ。今ここに真尋《まひろ》ちゃんがいて、本当によかったと思う。

「今さらだけど、退院《たいいん》おめでとう。体、だいじにしようね」

とお母さんが言い、わたしも、

「おめでとう。体、だいじにしてね」

と続けた。

それからしばらく楽しく話し、食後にお母さんがコーヒーを、真尋ちゃんがハチミツゆず茶を飲んで、わたしがリンゴのクリームブリュレを食べているときだった。

お母さんが突然《とつぜん》、

「あのね、今度の土曜日に、未怜《みれい》に会うよ」

と言ったから、おどろいた。

わたしと真尋ちゃんはぴたりと動きを止めて、おたがいの顔を見た。それから「なにか知ってる？」と目だけで聞いて、同時に首を左右にふった。

お母さんは、そんなわたしたちにはかまわずに、落ち着いた様子で、

「陽架《はるか》、未怜を真尋のところにつれていってくれたんだってね」

と言う。

「え、えっ、なんで知ってるの？」

わたしが聞くと、お母さんは、

「一週間ほど前かな、お母さんのスマホに、お父さんから電話があったの。未怜が話したんだって。それで……お母さんにも会いにいきたいって、未怜が言ってるって」

と言った。

わたしと真尋ちゃんは手を止めたままだったけど、お母さんはゆっくりとコーヒーを口に運んでいる。

それからは、まわりの人の話し声や食器の音ばかりが聞こえてきたけど、しばらくするとそのなかに、

「まいったなあ」

と言う、真尋《まひろ》ちゃんの声が混《ま》じった。

「未怜《みれい》のこと、これからどうしてあげたらいいんだろうって迷《まよ》っているあいだに、未怜はちゃんと、勇気を出して動いてたんだね」

たしかにそうだ。わたしも未怜に会ったことを早く言わなくちゃ、また会えるようにしなくちゃ、と思うばかりで動きだせなかった。

だけど未怜は、それを自分の口からお父さんに伝えていたのだ。

「……ごめんなさい、だまってて」

と言うと、お母さんは、

「そうよ、ちゃんと言ってくれればよかったのに」

とくちびるをつき出したけれど、そのすぐあとで、

「でも、心配してくれたんだよね。お母さんのこと」

とほほえんだから、ほっとした。

「お母さん大丈夫《だいじょうぶ》？　未怜に会える？　もう泣かない？」

小さな声で聞くと、お母さんは、

「だーいじょうぶよぉ。未怜ね、『植物公園に行きたい。お母さんの働いてるところを見てみたい』って言ってるんだって」

と、とてもうれしそうだ。

わたしは、病院の屋上庭園から、体をのり出すようにして植物公園を見ていた未怜の姿《すがた》を思い出した。

あのとき未怜は、どんな気持ちだったのだろう。

「お父さんは？」

「え？」

「お父さんも来るの？」

「うん。『未怜を植物公園までつれていって、車で待ってる』って言うから、『せっかく来るんだったら、温室を見てみませんか』って誘《さそ》った。だから陽架《はるか》も、いっしょに会おう。お父さん、ずっと陽架に会いたがってたから」

「え、どうして？　お母さん、お父さんのことがいやなんじゃないの？」

そう聞いたけど、お母さんは少し目をふせ、コーヒーカップを傾《かたむ》けただけだった。

13　植物公園

四年前まで、お母さんの髪《かみ》は肩《かた》の下まであって、まっすぐでサラサラだった。いつもちゃんとお化粧《けしょう》をしてスカートをはき、きれいなお母さんが参観日に来てくれるとうれしかった。

だけど今、お母さんの髪はかなり短くて、あまり手入れをしないからか、少しパサついている。

冬なのにうっすらと日焼けしていて、スカートをはいた姿《すがた》なんて、いつから見ていないかわからない。

未怜《みれい》が会いにくることになっている今日も、お母さんはいつもと同じ時間に起きて家事をしてから、仕事に行く支度《したく》をした。

「お母さん」

わたしは、黒いズボンにベージュのセーター、そしてグレイのダウンコートを着て出ていこうとするお母さんに向かって、

「それで行くの？」

と聞いた。

「うん」

お母さんは、「え、なに？」という感じでふり向く。もう以前のように「この服でおかしくない？　まちがってないかな」と、わたしに聞くことはない。

それは本当にいいことなのだけど、わたしはつい、

「もうちょっと、きれいにして行けばいいのに」

と言った。

だけどお母さんは、

「これでいいよ。どうせむこうに着いたら、この上に作業服を羽織《はお》るんだから」

と笑《わら》う。

「でも」

「ん？」

「未怜《みれい》は、かわいい服着てたよ、こないだ会ったとき」

そう言うと、お母さんは本当にうれしそうな顔をして、

「そう、かわいかったの」

とうなずいた。

わたしは、お母さんががんばっているのを毎日見てきたから、今のお母さんのことを好きだと思える。

だけど未怜やお父さんは、いきなりこんな感じに仕上がったお母さんを見て、いったいどう思うだろう。

未怜やお父さんには、きれいなお母さんを見てほしい。それなのにお母さんは、なにも気にしないような顔で、

「じゃあ、十時までに来てね」

と言うから、わたしはあきらめて、

「わかってるって」

とうなずいた。

お父さんが未怜をつれて、十時に植物公園のなかのミュージアムまで来ることに

なっているのだ。

「いってきます」

「いってらっしゃい。あとで行くね」

お母さんが出ていくのを見送ったら、なんだかわたしのほうがどきどきしてきた。

未怜やお父さんに会えるうれしさと、またお父さんの機嫌《きげん》が悪くなったりお母さんが元気をなくしてしまったらどうしよう、という不安がぐるぐると渦《うず》を巻《ま》く。それに、久《ひさ》しぶりに会うお父さんとどんな話をすればいいかもわからない。

すると、さっき閉《し》まったばかりの玄関《げんかん》ドアがいきなり開いて、

「忘《わす》れたっ」

と言いながら、お母さんが飛びこんできた。

「え、なにを?」

「バッグ、丸ごと忘れた」

あわてた様子で家に上がったお母さんは、ダイニングテーブルの椅子《いす》に置かれた大きなバッグを右手でつかんだ。

それから左手を胸《むね》に当て、「ふうっ」と大きく息をはいてから、

「今度こそ、いってきます」

と出ていった。

あんなに大きなバッグを忘《わす》れるなんて、信じられない。平気そうな顔をしていても、やっぱり緊張《きんちょう》しているのだ。

そういえば、いつもはほとんどしないお化粧《けしょう》を、今日は少ししていたし、昨日の夜にはハンドクリームを何度も手にぬり込《こ》んでいた。

わたしは部屋に入り、鏡の前でうすいレモン色のニットを胸《むね》に当ててみた。持っている服のなかで、いちばん顔が明るく見えるのはこれだ。

こんなとき、真尋《まひろ》ちゃんがいたらいろいろとアドバイスをしてくれるのだろうけど、真尋ちゃんはもう自分のマンションに帰ってしまった。

今日のことだって、「いっしょに行こうよ」と誘《さそ》ったのに、「いや、今回は遠慮《えんりょ》する。未怜《みれい》とは、またきっと近いうちに会えると思うから」と断《ことわ》られたのだ。

少し早く家を出て、アパートの駐輪場《ちゅうりんじょう》から自転車を出した。

ペダルを踏《ふ》む足に力をこめると、風が耳に当たってとても冷たい。いつものように髪《かみ》をきつく結んできたけど、下ろしたままのほうがよかっただろうか。

服だって、結局トレーナーとジーンズに、くすんだブルーのボアジャケットという、ふだんの格好《かっこう》にしてしまった。

鏡の前でいろいろ試しているうちに、どれがいいのかわからなくなったのだ。

植物公園の正門前は、だだっ広い駐車場《ちゅうしゃじょう》になっているけど、寒いせいか車はあまりとまっていない。

ゴールデンウィークや夏休みなどには、駐車場に入りきらない車で渋滞《じゅうたい》ができるほどなのに。

わたしは、スピードを出して駐車場をななめに突《つ》っきり、正門近くにある駐輪《ちゅうりん》スペースに自転車をとめた。

小鳥の彫刻《ちょうこく》が施《ほどこ》された屋外時計を見上げると、十時まではまだ十五分ある。ここからミュージアムまでは、歩いて十分もかからないから、時間は大丈夫《だいじょうぶ》だ。

そう思って歩きだし、大きな四角い石柱が左右にある正門を通りぬけようとしたとき、

「陽架《はるか》ちゃん」

と、後ろから声がした。

ふり向くと、少し離《はな》れたところに未怜《みれい》とお父さんがならんで立っていた。

「あ、未怜」

とわたしが言うのと同時に、

「ほんとだ、陽架《はるか》ちゃんだ」

そう言って、未怜は自分の左横にいるお父さんの顔を見上げた。だけどお父さんは、未怜とは目を合わさずに、わたしを見つめたままでうなずいた。

それからふたりは、少し早足で近づいてくる。

「お父さんね、陽架ちゃんの背中《せなか》を見ただけで、すぐに『あ、陽架だ』って言ったんだよ。わたしにはよくわからなかったのに。ほら陽架ちゃん、こないだは髪《かみ》を下ろしてたから」

未怜が言うと、お父さんは、

「まあ、あんまり変わってないからな」

と、低い声で言った。

わたしの身長は、去年から今年までの一年間で六センチも伸《の》びた。二年生からだと、たぶん二十センチ以上は伸びている。

それなのにお父さんには、わたしが変わっていないように見えるのだろうか。

三週間ほど前、わたしは突然《とつぜん》、未怜の前に現《あらわ》れた。

あのとき未怜が、ドラマや映画《えいが》のように喜《よろこ》んだり泣いたりしなかったことを少しさびしく思ったけれど、いきなりわたしに会ってどうすればいいのかわからなかった未怜の気持ちが、今はわかる。

わたしは、お父さんに「会いたかった」と言うことも、それ以上近寄《ちかよ》ることもできなくて、ただ口の両端《りょうはし》を少し上げただけだ。

お父さんも、なんとなく照れくさそうに、

「元気そうで、うん、よかった」

と言う。

離れて暮《く》らすようになってから、お父さんの写真を見ることなんてなかったし、お母さんや真尋《まひろ》ちゃんと、お父さんの話をすることもほとんどなかった。

はじめのころは、ふとしたときに思い出したり、どこからか聞こえてくる知らないおじさんの声を、お父さんの声だと勘《かん》ちがいしてしまったりすることがあったけど、時間がたつにつれてそんなこともなくなった。

そしてそのうち、お父さんはわたしのなかで「むこうの人」になってしまった。

お母さんと真尋《まひろ》ちゃんが「こっちの人」で、お父さんやおばあちゃんや友里恵《ゆりえ》おばちゃんは「むこうの人」だ。

未怜《みれい》は「こっちの人」でもあるし、「むこうの人」でもある。

だけど四年ぶりに会ったお父さんは、そんな感覚がすっと消えてしまうほど、ただのわたしのお父さんだった。

白いダウンコートを着た未怜が、お父さんのそばからわたしのとなりに来て、

「行こう」

と言ったから、

「うん」

とうなずいて、歩きだした。

植物公園を歩くというのに、お父さんはよく磨《みが》かれたこげ茶色の革靴《かわぐつ》を履《は》いている。

紺色《こんいろ》のズボンの上は、きちんとした衿《えり》のついたグレーのジャケットだ。

少し寒そうだし、ちょっと場ちがいな感じがして、それがいかにもお父さんらしい

と思う。

春には満開だった桜《さくら》の木が、今はつやのある灰色《はいいろ》の幹《みき》だけになっている。春から夏のはじめにかけては色とりどりの花で華《はな》やかだったバラ園も牡丹園《ぼたんえん》も、今はただひっそりとしているだけだ。

花が咲《さ》いている季節とちがって、公園内の広い道を歩く人はまばらだった。

ときどき、大きなカメラを持ったおじさんや、小さな子どもやベビーカーの赤ちゃんをつれた家族とすれちがう。

「お母さんは土曜日も仕事？」

お父さんに聞かれ、

「仕事だったり仕事じゃなかったり、いろいろ」

と答える。

「ここは、いいところだな」

と言われ、

「うん」

とうなずく。

会話がなかなか続かない。

お母さんや真尋《まひろ》ちゃんとだったら、くだらないことを言って笑《わら》い合ったり、なんでもない話を延々《えんえん》としたりできるのに。

噴水池《ふんすいいけ》のまわりは、サンタやトナカイや星の形のイルミネーションで飾《かざ》りつけられている。そのむこうの花壇《かだん》には、ガーデンシクラメンやビオラや葉ボタンが植えられていて、枯《か》れた風景のなかでもそこだけは華《はな》やかだ。

「この、キャベツみたいなのも花？」

葉ボタンを見て、未怜《みれい》が聞いた。

「ううん、それは葉っぱ。たしか、花はべつに咲《さ》くと思うんだけど」

と答えながら、問いかける感じでお父さんを見た。

だけどお父さんは、

「いや、お父さんは、チューリップと桜《さくら》くらいしかわからない」

と、真面目《まじめ》な顔をして首をふった。

ハーブ園を抜《ぬ》け、石畳《いしだたみ》の坂道をゆっくり上る。

大きくカーブしているこの坂の上に、小学校の体育館を七つも八つもくっつけたほどの温室と、そこから続く植物ミュージアムがある。

坂道の途中《とちゅう》には山茶花《さざんか》の花が咲き、石畳の上に濃《こ》いピンク色の花びらを散らしていた。

「きれーい」

と、未怜がはしゃいだように言った。

坂を上りきってミュージアムに近づいたとき、入り口の大きな自動ドアの脇《わき》に、お母さんがぽつんと立っているのが見えた。

うすいグレーの作業服を着て、少し不安そうな表情《ひょうじょう》でこっちを見ている。

未怜は、お母さんをみつけると歩く速度を落とし、お父さんの背中《せなか》に体を半分かくすようにした。

お父さんは一瞬《いっしゅん》足を止め、お母さんに頭を下げてから、またゆっくりと歩きだした。

だけど、お母さんにはそんなお父さんの姿《すがた》が目に入っていないようだ。未怜にばかり目を向けて、あと数メートルでそばに行くというところで、お母さんのほうからかけ寄《よ》ってきた。

お父さんが体を横にずらして、お母さんと未怜のあいだからいなくなる。

未怜《みれい》のすぐ前に立ったお母さんは、なにか言いたそうに口を開けて、でもなにも言わないまま閉《と》じた。

それからゆっくりと右手を伸《の》ばして、とてもたいせつなものにふれるように、未怜の頬《ほお》にそっとその手を当てた。そうして、未怜の顔を少しのあいだ見つめてから、

「未怜、大きくなったねえ」

と、震《ふる》える声でようやく言った。

未怜は、口を閉じたまま左頬に小さなえくぼをつくり、少し下を向いている。

「久《ひさ》しぶり」

と話しだしたのは、お父さんだ。

それでハッとしたように、お母さんもお父さんに顔を向けて頭を下げた。

14　温室の世界旅行

ミュージアムのなかは、外の寒さがうそみたいに暖《あたた》かかった。

「この公園の温室は、世界のいろんな地域《ちいき》ごとに分けられていて、そこに生えている植物が再現《さいげん》してあるの」

お母さんは、未怜のすぐ横を歩きながら言う。ふたりの後ろにわたしがいて、わたしの半歩あとからお父さんがついてくる。

以前は、いつもわたしたちの前を歩いていたお父さんなのに、と思うとおかしな気がした。

奥《おく》まで進んで温室の前に立つと、熱帯アジアゾーンと書かれた厚《あつ》い金属《きんぞく》の自動扉《じどうとびら》が、ウィンッと短い音を立てて開いた。

一歩なかに入ると、わさわさと繁《しげ》った緑がわたしたちを取り囲《かこ》み、鳥の声や水音や虫の音《ね》が聞こえてきた。どこかにスピーカーがあるのだろう。

デンドロビュームの、紫《むらさき》やピンクのきれいな花に目を引かれていたら、

「え、虫?」

と、未怜《みれい》の小さな声がした。

顔を向けると、未怜のすぐ目の前にある木から、赤くて細長いもじゃもじゃのなにかがたくさんぶら下がっているのが見えた。

「それはベニヒモノキの花。虫みたいだけど、よく見るとかわいいでしょう?」

と、お母さんが未怜に説明している。

笑顔《えがお》で話しているけれど、いつものお母さんとはどこかちがう気がした。半分は緊《きん》張《ちょう》していて、もう半分は浮《う》かれているようで、とてもぎこちない。

お母さんは、いろんな植物の説明の合い間に「未怜、学校は楽しい?」「仲のいい友だちはいるの?」「犬を飼《か》ってるんだってね」などと、わたしが聞きたいと思っていたようなことを聞く。

未怜はそれに、「うん、まあ楽しい」「いちばん仲がいいのは、近所の千絵里《ちえり》ちゃん。スイミングもいっしょだし」「ケビンは、すごくかわいいよ。ちょっとうるさいとき

もあるけど」と答えている。未怜のほうも、少し緊張しながら話しているようだ。

だけど、わたしの半歩後ろにいるお父さんはだまったままで、なにも話しかけてこない。

たいくつで機嫌《きげん》を悪くしているのだろうか、と思いながら横を見たけど、お父さんはふつうの顔で、ただ植物の根元にあるプレートの字を読んでいた。

そして、顔を上げたときにわたしと目が合うと、

「これ、アレカヤシっていうんだって」

と言ってほほえんだ。

わたしは、

「うん、大きいね」

とうなずく。

それから、三階建てのビルくらいありそうな木をふたりで見上げた。温室のガラスの天井《てんじょう》は、それよりもっと高くて遠い。

熱帯アメリカゾーンに入って少し進むと、突然《とつぜん》ザーッと大きな水音が聞こえ、未怜の肩《かた》がぴくりと動いた。それは、さっきまで小さく聞こえていたスピーカーからの音

ではなくて、本物の水音だ。

そこには人工の滝《たき》があり、その下の水槽《すいそう》のなかではピラニアが泳いでいる。

「ピラニアって、肉食のこわい魚だよね。お母さんが餌《えさ》をあげてるの？」

未怜《みれい》が聞くと、お母さんは「ううん」と首をふった。

「植物や生き物のお世話は、専門《せんもん》の人がしてるから。お母さんがやってるのは、事務《じむ》仕事《しごと》やイベントの手伝いだけ」

「でも植物のこと、くわしいよね」

「一応《いちおう》ここの職員《しょくいん》だから。お母さん、けっこう勉強したのよ」

両手を腰《こし》にあて、大げさに胸《むね》を張《は》って言うお母さんに、未怜は、

「そうか、えらいね」

とうなずいた。

それを見たお父さんは、ふっと笑《わら》った。

あ、そうだ。お父さんってこんなふうに、まぶしいときみたいな顔をして笑うんだった。そう思うとうれしくなった。

いろんな大きさや形のサボテンが、たくさんニョキニョキと生えているのは、北中

アメリカや南アメリカゾーンだ。

今にも、つばが広くて左右が巻《ま》き上がった帽子《ぼうし》をかぶり、ギターを抱《かか》えたゆかいな人たちが現《あらわ》れて、歌ったり踊《おど》ったりしてくれそうな気がする。

お母さんは、すっくと伸《の》びたサボテンの前で、

「これはブリンチュウ。成長が早くて、十二メートルくらいになるのよ。小さな株《かぶ》のときには鋭《するど》いとげがあるけど、成長するとそれは消えてなくなっちゃって、夏の夜には白い花が咲《さ》くの」

と言う。

だけど未怜は、そのサボテンにはあまり興味《きょうみ》がなさそうで、もっと小さなサボテンがポコポコとならんで広がっている景色のほうに目を向けた。

そして、

「なんか、本当に外国にいるみたい」

と言った。

その言葉に、わたしもだまってうなずいた。

さっきから、わたしもなんだか、小さな世界旅行をしているような気持ちになって

いるのだ。

ただ植物公園のガラスの温室のなかを歩いているだけなのに、まるで家族で世界を巡《めぐ》っているような、不思議な感じがする。

水音や虫や鳥の声を聞きながら、ゆっくりと四人で歩く。

とくに話が弾《はず》むわけでも笑《わら》い合うわけでもないけれど、最初の緊張《きんちょう》はいつの間にかうすらいで、それぞれのぎこちない感じもなくなった。

そして、わたしたちのあいだにはもう、離《はな》れて暮《く》らすようになるまでの、にごった空気もない。

それがどうしてなのかは、わからない。これからもっといっしょにいたら、また以前のようになってしまうのかどうかも、わからない。

ヨーロッパゾーンやアジアゾーンなどを通って、最後のアフリカゾーンに入ったとたん、緑が少なくなったような気がした。

そこにある植物の木の幹《みき》は、太くてしっかりしているけれど、葉っぱがあまり繁《しげ》っていないのだ。

ふと、ひときわ大きくてずんぐりとした木に目がとまった。

それは、上下を逆《さか》さまにしたような奇妙《きみょう》な形をしていて、てっぺんから伸《の》びた枝《えだ》に葉っぱがちょろちょろとついている。

わたしは思わず、

「あ、バオバブだ。『星の王子さま』に出てきた」

と、大きな声で言った。

お母さんと未怜《みれい》がふり向き、お父さんは、

「よくわかったな」

と、おどろいたような顔をしている。

バオバブは、お父さんが海外出張《かいがいしゅっちょう》に行ったときにお土産で買ってきてくれた絵本、『星の王子さま』に出てくる木だ。かわいい絵が気に入って、そこに書かれている文字はわからないまま、よくながめていた。

お父さんは、

「本のなかのバオバブは、成長する前に抜《ぬ》いてしまわないと惑星《わくせい》を破裂《はれつ》させる、悪い木なんだよな」

と言ったけど、お母さんは、

「ううん、そんなことないのよ」

と首をふった。

「バオバブって、幹《みき》の形が独特《どくとく》でしょ。この大きな幹のなかに、何トンもの水を貯《た》めることができるから、ほかの植物が育たない乾燥《かんそう》した土地でも生きていられるの。これは樹齢《じゅれい》百年くらいなんだけど、古いバオバブには数千年といわれるものもあるんだって。生命力がとても強くて、食用になったり薬になったり、幹のなかに住んだりもできる、すごい木なのよ。だから現地《げんち》では、『精霊《せいれい》が宿る木』とか『多くの種《たね》の父』なんて言われてるんだって」

お父さんは、

「へえ。思っていたのとは、ずいぶんちがうもんなんだな」

と、感心したようにうなずいている。

「すごいね、バオバブ」

わたしが言うと、未怜《みれい》も、

「うん、バオバブ」

と言った。

温室を出たあとは、ミュージアム内のカフェに移動《いどう》した。

そこでは、鳥の声や水音や虫の音《ね》の代わりに、オルゴールのクリスマスソングが流れ、大きなクリスマスツリーを中心に、たくさんのポインセチアがならべられていた。

背《せ》の高い木の枝《えだ》からいくつも垂《た》れ下がっているエアープランツは、まるでシャワーのようだ。窓《まど》から公園の景色が見渡《みわた》せるテーブルに、わたしとお母さんがならんで座《すわ》り、むかいにはお父さんと未怜が座った。

目の前に置かれたコップの水をひと口飲んで、お父さんは、

「案内してもらったあとで言うのもなんだけど、仕事中に大丈夫《だいじょうぶ》なのか？」

と聞く。

お母さんは、

「心配しないで。案内するのも仕事のうちだし、今日のことはほかの職員《しょくいん》にも話してあるから。温室の見学イベントがあるときは、よくわたしが案内するの。カフェでの時間は、お昼休みの代わり。そのぶん、午後はいっぱい働くから」

と、笑顔《えがお》でうなずいた。

だけどお父さんは、少しきびしい顔をして、

「しかし、あまり職場《しょくば》の人にあまえてはいけないだろう」

と言い、そのすぐあとで、

「いや、よけいなことだったな」

と、お母さんからすっと目をそらした。

以前はまっすぐに伸《の》びていたその背中《せなか》が、ほんの少し丸くなっているような気がする。

それから、置いてあったメニューを見ながら、わたしと未怜《みれい》はサボテンバーガーを、お父さんとお母さんはサボテンのキッシュを頼《たの》んだ。

ところが、カフェに入ったときから未怜の表情《ひょうじょう》は少し暗くて、料理が運ばれてくるころには、ほとんどしゃべらなくなっていた。

サボテンバーガーも、ただだまって食べている。

お父さんが「はじめて食べたな、サボテンなんて」と話しかけても、お母さんが
「未怜、小さいときにはよく好ききらいしてたけど、今はなんでも食べられるのね」

と言っても、浅くうなずくくらいしか反応《はんのう》しない。

それなのに、未怜のサボテンバーガーは少しずつしか減《へ》らなくて、わたしたちのなかでいちばん食べるのがおそい。

だけどそんな未怜に、だれも文句《もんく》を言ったり怒《おこ》ったりしなかった。たぶんみんな、未怜の気持ちがわかるからだ。

これからは、わたしや未怜がおたがいの家を行ったり来たりできるようになるかもしれない。わたしがお父さんと、未怜がお母さんと、外で会うことがあるかもしれない。

でも、きっともう、こんなふうに四人で会うことはないのだろう。

未怜にもそれがわかっているから、明るくふるまいたくてもできないのだ。

わたしたちの小さな世界旅行は、もう終わってしまった。

ガラス窓《まど》の外には、はしゃぎながら歩いている家族が見える。

あの人たちからは、同じテーブルについてサボテン料理なんかを食べているわたしたちも、仲の良い家族に見えるのだろうか。


食事を終えてホールにもどると、お母さんは、

「ちょっとだけ待ってて」

と言って、「え?」という顔をするお父さんと未怜《みれい》を残し、事務所《じむしょ》に向かった。

未怜へのプレゼントを取りにいったのだろう。

このあいだ、真尋《まひろ》ちゃんの家の大掃除《おおそうじ》を終えてハニービィで食事をしたあと、みんなでショッピングモールに行って選んだ、バナナ色のマフラーと手袋《てぶくろ》だ。

お母さんがいなくなると、たちまち気まずい空気になった。

なにもしゃべらない未怜と、会話が続かないお父さんといて、わたしはどうすればいいのかわからない。

ところが、鉢植《はちう》えの観葉植物に目をやっているわたしに、お父さんのほうから、

「陽架《はるか》」

と、話しかけてきた。

顔を向けると、

「なにか、こまってることはないか?」

と言う。

少し考えて首をふり、

「ううん、ないよ」

と答えると、お父さんは目のはしを下げてやさしい顔になり、

「うん、そうか」

と、うなずいた。そして、

「もしなにかあったら、いつでもすぐに言ってきなさい。それで……その、今度うちにも遊びにくるといい。おばあちゃんが心配してるし、会いたがってる。それに、陽架はもう絵本なんて読まないかもしれないけど、出張《しゅっちょう》のときに、陽架にと思って買ってきた本が何冊《なんさつ》かうちに置いてあるんだ。あ、あと、犬がいる。ケビンっていう犬がいるから。だから、本当にかわいいから……」

一生懸命《いっしょうけんめい》、言葉をさがすように話すお父さんに、わたしは、

「わかった。行くよ」

と言った。

お父さんは、ほっとしたように、鼻からふーっと息をはく。それを見たら、なんだかちょっとおかしくなって、

「ぜったい行くね」

と、もう一度言った。

ふと気づくと、ついさっきまでそこにいた未怜《みれい》がいなくなっていた。いつの間に姿《すがた》が消えたのかわからない。

「あれ、未怜は？」

と聞くけれど、お父さんも、

「ん？　どこに行ったんだろう」

と、その場できょろきょろするだけだ。

トイレにでも行ったのだろうかと思い、わたしは、

「さがしてくるね」

と言って、その場を離《はな》れた。

だけど、ホールの隅《すみ》にあるトイレに行ってみても、未怜はいなかった。

お母さんを追って事務所《じむしょ》に行ってしまったのか、それともミュージアム内の売店に行ったのか。

首をかしげながら引き返したけど、お父さんの横には、紙袋《かみぶくろ》をさげたお母さんがもどってきているだけで、やっぱり未怜はいなかった。

もうそこで待っていようと、そのままふたりに近づいていくと、

「あのころ、未怜は窓《まど》の外ばかり見てて……」

と話しているお父さんの声が聞こえてきて、足が止まった。

ふたりの横には大きな鉢植《はちう》えの観葉植物がならんでいるから、お父さんとお母さんはわたしに気づいていないようだ。

そういえばここに来てから、お父さんとお母さんだけで話す時間はほとんどなくて、わたしや未怜をあいだに入れての会話ばかりだった。

そう思うと、ふたりの話を邪魔《じゃま》してはいけない気がして、わたしはそこから動くことができなくなった。

「……インフルエンザで熱を出したときには、うわごとで何度も『お母さん』って呼《よ》んだんだ。未怜の額《ひたい》に手を置こうとする母の手を払《はら》って、『お母さん』って。あのとき、どんなにひどいことをしてしまったのか、母もわたしも思い知ったよ。それなのに、未怜に背中《せなか》を押《お》されるまで、こうして来ることもできなくて。本当に、なさけないと思ってる」

お父さんが話す「母」とは、おばあちゃんのことだろう。

「それは、わたしも同じだから。たいせつなことはなにも話さないまま、勝手に出ていってしまって」

と、お母さんの小さな声もした。

それと同時に、なにかの道具がガチャガチャとぶつかるような音が聞こえて、ホールのむこうの通路に目をやると、展示《てんじ》してある多肉植物の手入れをしているおじいさんの横に、未怜《みれい》がぽつんと立っているのが見えた。

未怜は、その作業をながめているようだ。

「陽架《はるか》は、しっかりしたいい子だな」

とお父さんが言い、

「未怜も、やさしい子に育って」

と、お母さんが言った。

「ああ、たしかにやさしいけど」

「え、けど？」

「母とはよく言い合ってるよ」

「そう。言い合えてるのなら」

「ん？」

「よかった」

それきり会話がとぎれたから、わたしはゆっくりと観葉植物の陰《かげ》から出ていった。

お母さんの目は泣いたあとのように赤くなっていたけど、わたしは気づかないふりをした。

少しして、多肉植物の前からおじいさんが立ち去ると、未怜はとぼとぼとわたしたちのそばにもどってきた。

「これ、気に入るかどうかわからないけど。真尋《まひろ》と陽架といっしょに選んだの」

お母さんが紙袋《かみぶくろ》を差し出すと、未怜は小さく頭を下げて受け取った。だけどなにも言わないし、中を見ようともしない。

お父さんが、

「じゃあ、元気で」

と言い、お母さんはうなずいたあと、

「今日はありがとう」

と、未怜《みれい》の肩《かた》にそっと手を置いた。

そのとき、未怜はいきなりお母さんの手を払《はら》いのけた。

そして、おどろいているわたしとお父さんの前で、お母さんの肩をドンッと押《お》した。

それから唇《くちびる》をかんで、こわい目をして、何度も何度も肩のあたりを強くたたく。

それは小さいころ、怒《おこ》って泣きながらわたしをたたいていたときの未怜にそっくりだった。

「未怜っ」

と、お父さんがその手を押さえようとしたけれど、お母さんはそれをさえぎるように、

「いいよ」

と言った。

「たたいていいよ」

でもその言葉のあと、お母さんをたたく未怜の手はゆっくりになり、やがて止まった。

そして今度は、顔をゆがめて、小さな子みたいに声をあげて泣きだした。

お母さんは、自分も泣きそうな顔をしながら、作業服のポケットからハンカチを取

り出して、未怜に渡《わた》す。

それから未怜の背中《せなか》に手を置いて、上から下へとゆっくりとなで、そのまま静かに抱《だ》きしめた。

未怜はしばらく、しゃくり上げながら泣いていた。

そこには、ほかの人も何人かいたけれど、わたしは恥《は》ずかしいとは思わなかった。未怜のことがかわいそうな気もしたし、そんなふうに泣ける未怜を、いいなと思う気持ちもあった。

少し落ち着いたころ、お母さんは未怜を抱きしめていた手をゆるめ、

「また、来てくれる？」

と、やさしい声で聞いた。

未怜はうなずき、ハンカチを顔に当てて涙《なみだ》をふくと、

「いい匂《にお》い」

とつぶやいた。

未怜から絵手紙が届《とど》いたのは、それから三日後のことだ。

ふっくらと描《か》かれた、バナナ色のマフラーと手袋《てぶくろ》の横に、「ありがとう　あったかい」という、大きな字があった。


今日の空はうすい水色。雲は空にとけてしまって、形が見えない。

「おはよう」

とやってきて、カマキリの卵《たまご》を確認《かくにん》した理歩《りほ》は、

「よし、行こう」

と歩きだした。

「昨日からすごく寒いんだけど、カマキリの卵って大丈夫《だいじょうぶ》なの？」

わたしが聞くと、理歩は、

「もちろん。雪に埋《う》もれたって、ちゃんと春には生まれるよ」

とうなずく。そして、

「それより真尋《まひろ》さんの漫画《まんが》、来月号からはまた読めるよね？」

と言った。

「うん。がんばって描いてるみたい」

「よかった。あ、漫画もだけど、病気も治ってよかったってことだよ」

「ん、ありがとう」

真尋ちゃんはすっかり元気になって、あいかわらずぶかぶかの服を着て仕事をしている。

そして、もうすぐやってくるクリスマスやお正月をどう過《す》ごそうか、お母さんとわたしに相談してくる。

どうやら未怜《みれい》を誘《さそ》って、どこかに遊びにいきたいようだ。

あれからお母さんは、未怜が「いい匂《にお》い」と言った、パールホワイトフローラルの柔軟剤《じゅうなんざい》ばかり使っている。

植物公園の年末イベントに向けていそがしいはずなのに、新しい料理に挑戦《ちょうせん》するようにもなった。

わたしは右足を前に出し、朝露《あさつゆ》にぬれた横断歩道《おうだんほどう》の白線を踏《ふ》んだ。

そして軽く膝《ひざ》を曲げ、

「いつまでそんなことするの?」

と笑《わら》う理歩に、

「ずっとだよ。食べられたくないからね、海に落ちて」

と言って、ジャンプする。

冷たく凍《こお》った空気のなかで、自分のボアジャケットがふわりと香った。

中山聖子（なかやませいこ）
1967年、山口県に生まれる。「夏への帰り道」（のち『三人だけの山村留学』として学習研究社にて刊行）で小川未明文学賞大賞、『チョコミント』（のち学習研究社にて刊行）でさきがけ文学賞、「コスモス」（のち『奇跡の犬 コスモスにありがとう』として角川学芸出版にて刊行）で角川学芸児童文学賞、『雷のあとに』（文研出版）で日本児童文芸家協会賞を受賞。ほかの作品に、『さよなら、ぼくらの千代商店』（岩崎書店）、「べんり屋、寺岡シリーズ」（文研出版）などがある。日本児童文芸家協会・日本児童文学者協会会員。

再会の日に
2024年4月30日　第1刷発行

作者　中山聖子
発行者　小松崎敬子
発行所　株式会社岩崎書店
〒112-0005 東京都文京区水道 1-9-2
電話 03-3812-9131（営業）03-3813-5526（編集）
印刷所　三美印刷株式会社
製本所　株式会社若林製本工場

NDC913　ISBN978-4-265-84048-9　232P　19cm×13cm

Published by IWASAKI Publishing Co., Ltd.　Printed in Japan

ご意見、ご感想をお寄せください。E-mail info@iwasakishoten.co.jp
岩崎書店 HP https://www.iwasakishoten.co.jp